Die Deutsche Nationalbibliothek verzeichnet diese Publikation in der Deutschen-Nationalbibliografie; detaillierte bibliografische Daten sind im Internet unter http://dnb.d-nb.de abrufbar.

Impressum

© 2009 by Gaby Bessen
http://annalenaslesestuebchen.wordpress.com/

Herstellung und Verlag:
Books on Demand GmbH, Norderstedt

Covergestaltung und Buchlayout:
Satzstudio Roth, Emden; www.satzstudio-roth.de

Coverfoto: © Hans-Joachim Bussing, www.pixelio.de

ISBN: 9783839130728

Gaby Bessen

Kirschmund
Geflüster

Inhaltsverzeichnis

Die Autorin Gaby Bessen (geb. 1954) arbeitet als Lehrerin für Englisch und Erdkunde an einer Gesamtschule.
Ihr erstes Buch mit Kurzgeschichten erschien im Februar 2009 mit dem Titel „Schillernd wie Seifenblasen"
ISBN: 978-3-8370-9440-6

Tratsch im Treppenhaus

In diesem Haus ging es zu wie in der berühmt-berüchtigten ‚Lindenstraße'.

Die Mietergemeinschaft, die nach Fertigstellung des Neubaus Anfang der sechziger Jahre dort eingezogen war, hatte sich auf Irmchen und Hildegard reduziert. Ein Teil bewohnte inzwischen den städtischen Friedhof, ein anderer Teil lebte im Seniorenheim.

Irmchen und Hildegard hatten längst vor, sich auch einen Platz im Seniorenheim zu suchen, doch der häufige Mieterwechsel im Haus bot ihnen immer interessante Neuigkeiten, die ihren knapp achtzigjährigen Horizont erweiterten.

Das Haus hatte mittlerweile viel vom inneren und äußeren Glanz eingebüßt, aber es war trocken, stabil gebaut und unverwüstlich, wie die beiden älteren Damen aus der Gründerzeit.

Die Mieten waren erschwinglich, die Wohnungen hell und freundlich und so zog es Studenten und andere junge Leute ins Haus. Und im Zeitalter der multikulturellen Gesellschaft war das Haus ein ganz normales Mietshaus mit jugendlichem weltoffenem Flair.

Irmchen und Hildegard waren seit Jahrzehnten Nachbarinnen und inzwischen unzertrennliche Freundinnen, nachdem sich die alte Garde so nach und nach verabschiedet hatte. Der tägliche Höhepunkt ihres manchmal recht eintönigen Rentnerdaseins war der Besuch im Cafe gegenüber. Dort trafen sie sich Nachmittag für Nachmittag bei einem Kännchen Kaffee und einem Stück Torte. An einem extra für sie reservierten Tisch saßen sie dem Haus in der Goethestraße Nummer drei gegenüber und beobachteten, was sich Neues ereignete.

Sie kannten die wenigsten Mieter persönlich, aber durch ihre täglichen Beobachtungen wussten sie mehr über die einzelnen Mieter, als so manch anderer.

Die Haustür öffnete sich und eine junge Mieterin, die erst vor wenigen Tagen in eine Zweizimmerwohnung gezogen war, trat mit einer Babytasche aus dem Haus.

„Guck mal, das ist die Neue mit dem Negerbaby", flüsterte Irmchen aufgeregt.

Hildegard warf ihr einen vorwurfsvollen Blick zu.

„Du siehst soviel fern und hast immer noch nicht begriffen, dass das Wort Neger heute ein Schimpfwort ist."

Irmchen machte eine wegwerfende Handbewegung.

„Na und? Zu unserer Zeit hat man Neger gesagt und es auch nicht als Schimpfwort benutzt und dabei bleib ich. Das Baby ist ausgesprochen niedlich. Ein Mädchen mit schwarzen Kulleraugen und kleinen schwarzen Löckchen. Ganz bezaubernd."

Hilgedard biss herzhaft in ihre Schwarzwälder Kirschtorte und murmelte:

„Hast du schon einen Vater zu dem Kind gesehen?"

„Nö. Die junge Frau scheint alleine mit dem Kind eingezogen zu sein."

„Ganz schön mutig, als Weiße alleine mit einem farbigen Kind."

Die junge Mutter mit ihrem Kind hatte sich gerade aus der Sichtweite der älteren Damen begeben, als ein junger, etwa fünfundzwanzigjähriger Türke das Haus verließ. Nun funkelten Hildegards Augen.

„Das ist vielleicht einer! Meinst du, der grüßt, wenn er mich sieht? Scheinbar ist das heute nicht mehr ‚in'. Wenn überhaupt, dann sagt er höchstens ‚Hallo' oder sagt was auf Türkisch. Ich finde das unmöglich, du nicht, Irmchen?"

„Was erwartest du in der heutigen Zeit, wo jeder nur an sich denkt? Da kannst du froh sein, wenn jemand auch nur den Ansatz zum Gruß macht."

Während der junge Mann in seinen verdreckten und verbeulten Golf einstieg, fiel Hildegard noch etwas ganz Lebenswichtiges ein.

„Ich pass ja auf, ob auch jeder das Treppenhaus wischt, wenn er dran ist. Die Frau von dem jungen Mann hat letzte Woche nicht geputzt. Und das bei dem Dreckwetter."

„Das ist unerhört! Ob sie es vergessen hat?"

„Weiß nicht. Ich hab schon mal daran gedacht, zu klingeln, um sie daran zu erinnern. Aber eigentlich geht mich das nichts an."

„Wie gut, dass wir die junge Studentin haben, die für uns regelmäßig putzt."

„Wir bezahlen sie ja auch gut, sonst könnte sie sich ihr Auto sicherlich nicht leisten."

Eine ganze Weile tat sich nichts. Vor lauter Langeweile bestellte sich Irmchen noch ein Plunderstückchen mit Pudding. Gerade, als sie herzhaft hineinbeißen wollte, parkte ein Taxi vor der Haustür.

„Da kommt jemand", flüsterte Hildegard.

Eine junge Frau im eleganten grauen Hosenanzug bezahlte den Taxifahrer, der ihr galant die Tür zum Aussteigen aufhielt und ihr dann einen Koffer und eine Reisetasche aus dem Kofferraum hob.

„Schau mal an, da ist sie ja wieder." Aufgeregt starrten beide durch die Scheibe.

„Ob sie in Urlaub war?"

„Möglich. Aber ich glaube eher, sie hatte ihren Mann mal für einige Zeit verlassen."

Hildegard starrte Irmchen entsetzt an.

„Wie kommst du darauf?"

„Ich habe es dir doch erzählt, erinnerst du dich nicht?"

Irmchen blickte ihre Freundin besorgt an. Wurde sie langsam vergesslich?

„Als ich vor vier Wochen von Doktor Meinhardt kam, flanierte ihr Mann in weiblicher Begleitung gerade an der Praxis vorbei, als ich herauskam. Und an den folgenden Tagen habe ich Frau… wie heißt sie gleich… Schulze-Stemmberg ständig mit ihrem Mann streiten gehört. Und plötzlich war Abend für Abend wieder Ruhe, genau seit vier Wochen."

„Ich habe mich auch oft mit meinem Rudi gestritten. Und als er anfing schwer zu hören, wurde es auch mal lauter. Er hat sich lange geweigert, einen Hörapparat zu tragen."

„Ja", sinnierte Irmchen, „ich kann mich noch gut daran erinnern, als ich meinen Fernseher gar nicht einschalten brauchte, weil ich jedes Wort von euch mithören konnte."

Langsam wurde es Zeit, wieder nach Hause zu gehen. Aus Erfahrung wussten sie, dass jetzt nichts mehr zu erwarten war, denn die anderen Mitbewohner kamen später oder zu unregelmäßig, als dass sich weiteres Warten gelohnt hätte.

Sie bezahlten und gingen nach Hause

Aus dem Fahrstuhl trat die Frau des jungen Türken, lächelte die beiden Damen kurz an und machte sich auf den Weg nach draußen.

„Halt", rief Irmchen und hob zur Bekräftigung ihren Gehstock. „Bitte warten Sie."

Die junge Frau drehte sich unsicher um und kam langsam zurück.

„Verzeihen Sie, aber in diesem Haus wird zum Wochenende immer das Treppenhaus geputzt. Sie haben es in der letzten Woche sicher vergessen? Bitte, denken sie in Zukunft daran, ja? Wir wollen uns doch hier alle wohl fühlen."

Die junge Frau errötete leicht.

„Bitte entschuldigen. Aber ich hatte Samstag Kind bekommen und nicht konnte putzen. Musste schlafen viel, war Geburt sehr schwer."

„Das ist schon in Ordnung. Alles Gute für Ihr Kind. Was ist es denn?"

„Wieder Junge, dabei ich wollte haben Mädchen. Muss gehen einkaufen."

Hildegard und Irmchen blickten sich gegenseitig fassungslos an.

Wie konnte das passieren, dass sie eine Hochschwangere übersehen hatten??

Sie mussten unbedingt besser aufpassen.

Mum on Strike

Zufrieden schaute sie noch einmal auf das Schild, das sie soeben mit Tesafilm an die Zimmertür geklebt hatte und zog sich, bewaffnet mit einem Glas, einer Flasche Rotwein und einem Krimi in das kleine Erkerzimmer in der ersten Etage zurück. Nun hieß es abwarten.

Sie lehnte sich in den Ohrensessel zurück und freute sich auf die nächste halbe Stunde, bis ihre dreiköpfige Familie ins Haus stürmen würde. Seit Viola, ihre Älteste, in ein Studentenwohnheim gezogen war, hatte sie deren Zimmer als ihr kleines Reich deklariert, in dem sie hin und wieder einfach ihre Ruhe haben wollte.

Sie schaffte es, die ersten drei Seiten ihres neuen Buches zu lesen, als ihr Kopf nach vorne sackte und sie einschlief.

„Maaama! Wo bist du?" „Hallo Schatz, wir sind zurück!" „Was gibt's zu essen? Ich hab einen Bärenhunger!" Aus mit der Idylle ein paar ungestörter Minuten, vorbei mit dem Nickerchen, die Rasselbande war wie ein Ameisenhaufen eingefallen und rief nach ihr.

Schon war sie aufgestanden, strich sich die braunen, zerzausten Locken aus dem Gesicht, als sie sich plötzlich erinnerte. „Nein", sagte sie halblaut, aber deutlich, zu sich selbst und nahm erneut in dem kuscheligen Ohrensessel Platz.

„Maaama, wo steckst du denn?" , erklang es genervt aus der Küche. Tobias, ihr Jüngster, schien ungehalten. Er war im Wachstum und hatte immer Hunger. Erste Anzeichen eines schlechten Gewissens meldeten sich: ‚Rabenmutter! Willst du deine Kinder verhungern lassen?'

Sie straffte die Schultern, biss sich auf die Lippen und

dachte, mit einem starren Blick geradeaus: ‚Du wirst nicht schwach. Du wirst nicht ..' „Schatz, wir sind wieder daaa, kommst du nicht runter?" Auch Andreas schien etwas irritiert zu sein. Kurz darauf hörte sie, wie er zuerst die Badezimmer- und dann lautstark die Schlafzimmertür aufriss. Seine forschen Schritte näherten sich ihrem Refugium. Stille. Unschlüssig blieb er vor dem Zimmer stehen und fragte leise durch die geschlossene Tür: „ Ist alles in Ordnung?" „Ja, alles in Ordnung." Wieder Stille. „Warum kommst du dann nicht runter?" „Kannst du nicht lesen?" „Die Kinder und ich haben Hunger." „Dann schau in den Kühlschrank oder bestell den Pizza Service."

Andreas verharrte einen Moment vor der Tür, räusperte sich, als wolle er noch etwas sagen, kehrte dann aber auf dem Absatz um und ging zu den Kindern in die Küche.

„Lena, deck bitte den Tisch und du, Tobias, geh dir die Hände waschen. Ich mache uns jetzt ein paar Rühreier mit Schinken und dann wird gegessen." „ Und wo ist Mama?" „Mama streikt". „Wie – Mama streikt?" fragte Lena ungläubig. „Meine blauen Jeans sind noch nicht gebügelt und die muss ich morgen anziehen." „Musst du?" fragte Andreas scharf zurück. „Dann gibt es nur zwei Möglichkeiten. Entweder du bügelst sie selber oder du ziehst morgen eine andere an." „Was geht denn hier ab?", maulte Lena und deckte wortlos den Tisch.

In der nächsten halben Stunde hörte Clara gedämpftes Reden aus der Küche. Hin und wieder konnte sie ein paar Wortfetzen aufschnappen. Die Familie schien Kriegsrat zu halten.

Sie hatte sich ihrem Buch gewidmet und gerade das dritte Kapitel verschlungen, als es leise an ihre Tür klopfte. Tobias und Lena hatten sich scheinbar in ihre Zimmer zurückgezogen.

„Clara, können wir reden?" „Komm rein."

Andreas nahm ihr gegenüber auf der Couch Platz und sah sie gespannt an. „Was soll das?" „Was soll was?" „Na, das Schild an der Tür – STREIK!?" Clara straffte die Schultern und schaute ihrem Mann fest in die Augen. „Das heißt, dass ich ab sofort etwas für mich tue. Seit Jahren bin ich eure Putzfrau, Köchin, Wasch- und Bügelfrau, Einkaufsdienst, Chauffeurin, seelischer Mülleimer, einfach alles. Und ich .." das ICH betonte sie mit einer außergewöhnlichen Schärfe in der Stimme, „bleibe völlig auf der Strecke. Ich komme mir vor wie ein Möbelstück, das noch nicht mal vermisst würde, wenn jemand es abholte."

Andreas schluckte. „Aber wir waren uns damals doch einig, dass du ganz zu Hause bleibst, wenn Tobias auf der Welt ist? Hast du vergessen, wie schwierig es für dich war, nebenher zu arbeiten, als Viola und Lena noch klein waren? Du hast dich nie beklagt, nie etwas gesagt! Wozu jetzt dieser Aufstand?"

In Claras Innerem brachen regelrechte Lawinen des Protestes los. „Andreas, ist dir schon mal aufgefallen, dass Tobias mittlerweile acht Jahre alt ist? Lena ist dreizehn. Meinst du nicht, dass ich nun auch einmal wieder an mich denken kann, bevor ich ganz verblöde?" „Was heißt hier ‚verblöden'?? Du bist den ganzen Tag zu Hause, kannst dir deine Arbeit frei einteilen und hast doch auch Zeit für dich selbst." Clara lächelte müde.

Er wollte sie nicht verstehen. Wie auch? Jahrelang hatte alles reibungslos funktioniert, sie hatte sich um alles gekümmert und ihrem Mann den Rücken frei gehalten,

Haus und Garten waren ihr Betätigungsfeld gewesen. Sie hatte schulische Ämter, wie das der Elternsprecherin in der Klasse von Tobias und Lena jahrelang verantwortungsvoll übernommen, sie hatte Klassenfahrten begleitet, war mit ihrer Großen beim Frauenarzt gewesen und hatte ihn gebeten, ihr die Pille zu verschreiben. Sie hatte Violas Tränen beim ersten Liebeskummer getrocknet, Lenas pubertierende Ausraster mit Verständnis hingenommen, Tobias vor der Dominanz seiner älteren Schwestern geschützt und seine körperlichen und seelischen Blessuren betreut.

„Seit Jahren habe ich das Gefühl, geistig zu verarmen. Mein Horizont wird immer enger und wenn wir hin und wieder mal ins Kino gehen, dann ist der Film längst out. Wenn ich mal dazu komme ein Buch zu lesen, ist es schon überholt. Andreas, ich will wieder arbeiten gehen." Punkt – das saß. Andreas schaute sie an, als hätte sie ihm eine Trennung vorgeschlagen.

Mittlerweile hatte er zwei Gläser ihres Weines hinuntergekippt. Er war eher der Biertrinker. Wein löste seine Zunge recht schnell und er plapperte ohne Unterlass. „Wie – du willst wieder arbeiten? Mein Schatz, das hast du doch gar nicht nötig, wir kommen mit meinem Gehalt doch gut hin."

Claras Geduldsfaden begann, langsam aber sicher zu zerreißen. „Darum geht es doch gar nicht. Ich möchte wieder etwas für mich tun, meinen Horizont erweitern, Dinge tun, die mir wichtig sind. Und", sie stockte, „ob du es willst oder nicht, ich habe morgen einen Vorstellungstermin in einer Anwaltskanzlei. Und wenn die mich nehmen, fange ich an". Sie stockte und fügte leiser hinzu: „So schnell wie möglich."

„Na, prima!! Und das sagst du mir so einfach nebenbei? Ohne vorher mal mit mir darüber zu sprechen?" Er schaute sie an. Claras Gesicht zeigte pure Entschlossenheit und an ihren Mundwinkeln erkannte er, dass zu diesem Thema ihrerseits alles gesagt war. Er stand auf und lief in dem ohnehin kleinen Zimmer auf und ab.

„Bitte setz dich, du machst mich ganz nervös", bat Clara ihn mit einem flehenden Blick.

Andreas blieb zwar stehen, aber er setzte sich nicht. Drohend lehnte er mit seiner Größe von einem Meter fünfundachtzig an Violas Kleiderschrank. Wollte er Clara durch seine Körpergröße – ihre war nur einen Meter sechzig und in dem großen Ohrensessel sah sie noch kleiner aus - einschüchtern?

„Wenn du dein Leben schon selbst in die Hand nimmst und alleine entscheidest, hast du sicher auch einen Plan, wie hier alles weiterlaufen soll?" Sein ironischer Unterton war nicht zu überhören.

„Können wir darüber reden, wenn es soweit ist? Noch ist es nur ein Vorstellungsgespräch und eine winzige Chance. Wer reißt sich schon um eine Frau, Anfang vierzig, die seit zehn Jahren raus aus ihrem Beruf ist?"

Er gab auf. „Okay, warten wir ab. Kommst du auch schlafen?" Erwartungsvoll blickte er sie an. „Ich schlafe heute Nacht hier, ich muss früh raus und will dich nicht stören. Sorgst du dafür, dass die Kinder rechtzeitig in die Schule kommen? Und – vergiss die Pausenbrote nicht. Schlaf gut." „Auch gut!" Andreas verließ das Zimmer, ohne ein weiteres Wort. Clara schlief selten in Violas Zimmer, eigentlich nur, wenn ihr sein Schnarchen die Nachtruhe raubte. Er blickte noch einmal auf das Türschild, schüttelte den Kopf und ging direkt ins Schlafzimmer.

Als Clara am nächsten Morgen die Anwaltskanzlei verließ, hätte sie vor Freude jeden auf der Straße umarmen können. Sie bekam die Stelle und konnte in einer Woche anfangen. Mit einem großen bunten Blumenstrauß kam sie nach Hause. Alle waren ausgeflogen und sie hatte ein wenig Zeit für sich, dachte sie zumindest. Als sie die Küche betrat, machte sie einen hörbar tiefen Atemzug. Das Bild, das sich ihr bot, schmiss sie fast aus den Pantoffeln. Der Küchentisch war nicht abgedeckt, eine Milchpfütze lachte ihr mitten auf dem Tisch hämisch entgegen, die Brötchenkrümel hatten sich ihren Weg vom Tisch über den Stuhl auf den Boden gebahnt und schmierige Honig- und Nutellareste klebten an Tellern und Messern.

‚Ich streike' erinnerte sich Clara, nahm den restlichen kalten Kaffee und stellte ihn zum Erhitzen in die Mikrowelle. Wie gut, dass sie sich unterwegs zwei Schoko-Croissants gekauft hatte und die nun mit einer Tasse Kaffee gemütlich im Wohnzimmer verzehren konnte.

Plan A war geschafft, nun musste Plan B erstellt werden. Sie hatte keine Lust auf große Diskussionen mit ihrer Familie, nahm sich vier Blanko-Stundenpläne und erarbeitete einen Haushaltsplan, auf dem jeder in der Familie gleichermaßen seine Aufgaben in Haus und Garten vorfand. Als sie fertig war, klebte sie vier bunte Stundenpläne deutlich sichtbar an den Kühlschrank und zog sich zufrieden in Violas Zimmer zurück. Das Chaos in der Küche hatte sie erfolgreich ignoriert.

Die Haustür flog krachend ins Schloss. Lena und Tobias waren aus der Schule gekommen. Clara wartete angespannt auf das gewohnte „Hallo, Mama, bist du da?", doch nichts rührte sich. „Wie sieht's denn hier aus??", hörte sie stattdessen Lenas durchdringende Stimme aus der Küche.

Schon kam Tobias die Treppe heraufgerannt, schleuderte seinen Rucksack in sein Zimmer, schloss die Tür geräuschvoll und näherte sich Claras Zimmertür. „Lena, komm mal rauf!"

Lena kam. „Was ist denn?", schmollte sie ungehalten. Obwohl beide flüsterten, konnte Clara, die mit ihrem Ohr dicht an der Tür stand, jedes Wort verstehen. „Was meint Mama damit – sie streikt?" fragte Tobias. „Das möchte ich auch gern mal wissen. Die Küche sieht aus wie ein Schweinestall und Mittagessen gibt es scheinbar auch nicht." „Sollen wir Mama nicht mal fragen? Vielleicht ist sie krank?" Tobias hatte einen weinerlichen Unterton in der Stimme.

Clara schluckte. Sie konnte es kaum ertragen, die Sorge in der Stimme ihres Jüngsten zu hören. „Nein. Ich glaube, sie schläft, sonst hätte sie uns sicher begrüßt und was gekocht. Komm, lass uns runtergehen."

Sie hatte gehofft, ihre Kinder hätten die Botschaft verstanden, aber aus der Küche kam kaum ein Laut, zumindest keiner, der sich nach einem intensiven Aufräumen anhörte.

Andreas kam nach Hause und Clara erschrak. Wenn ihr Mann am frühen Nachmittag heim kam, musste er krank sein. Aus der Küche kamen nun gedämpfte Geräusche und sie konnte das Laufen dreier verschiedener Personen ausmachen. Sie war zu neugierig und wäre am liebsten hinuntergelaufen um zu sehen, was die drei da veranstalteten. Aber sie musste ihre Neugier zähmen, schließlich konnte sie nicht ihre eigene Streikbrecherin sein.

Schlich dort jemand auf dem Flur herum? Sie lauschte. Plötzlich schob sich langsam und vorsichtig ein kleiner Zettel unter ihrer Tür durch. „Einladung zum Mittagessen in Mamas Lieblingspizzeria. Abfahrt in fünfzehn Minuten. Es freuen sich: Andreas, Lena und Tobias".

Clara musste lächeln und freute sich. Vielleicht hatte ihre Botschaft drei Empfänger gefunden und sie konnte ihren Zettel ‚Mum on strike' nach ihrer Rückkehr wieder abnehmen.

Erkenntnis

Es hatte nie in ihrer eigenen Gedankenwelt existiert. Bei anderen fand sie es durchaus normal, bisweilen sogar ausdruckstark und chic. Sie wusste, dieser Prozess war natürlich und gehörte zum Leben der meisten Frauen. Er gab dem Äußeren einen ganz besonderen Touch, eine neue Form des Seins. Warum also der Natur ins Handwerk pfuschen?

Und dann entdeckte sie es bei sich, rein zufällig und ohne Vorwarnung: das erste graue Haar.

Vorbei war es mit den Gedanken an natürlich, chic und trendy, der Natur seinen Lauf zu lassen.

Das Alter, es kam unaufhaltsam, wie ein langsam heranziehendes Regengebiet.

Es gab keine Möglichkeit, sich ihm zu entziehen.

Sie straffte die Schultern, betrachtete sich noch einmal eindringlich im Spiegel und beschloss, sich diesem Phänomen zu stellen, bejahend und neugierig, was diese Metamorphose aus ihr machen würde.

Die Jugend von heute

Sie zeigte dem Busfahrer ihre Seniorenkarte, steckte sie in ihre Manteltasche und bahnte sich mit ihrem Stock mühsam einen Weg durch den vollbesetzten Bus. Am frühen Nachmittag war es schwer, einen Sitzplatz zu finden. Sie blieb mitten im Gang stehen und schaute herausfordernd zu einem etwa zwölfjährigen Schüler hinab, der seinen Rucksack auf dem Schoß hatte und mit fliegenden Fingern eine SMS in sein Handy schrieb.

„He Junge, würdest du mal aufstehen? Ich würde mich gern dort hinsetzen, weil ich nicht lange stehen kann." Der Junge war so in seine Tätigkeit vertieft, dass er nicht reagierte. Neben ihm saß ein Mann mittleren Alters, der zuerst die alte Dame, dann den Jungen ansah. Mit seinem rechten Ellenbogen stieß er den Jungen an. „Hast du nicht gehört?"

Der Junge reagierte wieder nicht. Umständlich stand der Mann auf, bot der alten Dame seinen Platz an und trat mit der Bemerkung „So ist sie, die Jugend von heute, keine Erziehung, keinen Respekt", in den schmalen Gang hinaus.

Die alte Dame setzte sich, warf einen Blick auf den Jungen und schüttelte den Kopf.

„So etwas habe ich noch nie erlebt", murmelte sie aufgeregt vor sich hin.

Der Junge steckte sein Handy in die Brusttasche seiner Jeansjacke, drehte den Kopf zur Seite und blickte die alte Dame aus freundlichen blauen Augen an.

„Ich bin so erzogen worden, dass ich BITTE sage, wenn ich etwas möchte. War das in Ihrer Jugend nicht so? Mit diesem kleinen Zauberwörtchen hätte ich Ihnen den Platz sofort überlassen."

Erwachsenwerden

Während Susanna früh morgens den Strand entlang lief und ihr der kalte Ostwind ins Gesicht pfiff, beschloss sie spontan, schon heute nach Hause zu fahren. Sie hatte zwar noch zwei Tage Urlaub, aber sie sehnte sich nach ihrer warmen Wohnung, ihrem eigenen Bett und Oliver, ihrem fünfzehnjährigen Sohn.

Es war das erste Mal, dass Oliver alleine zu Hause war. Er hatte besorgt gemerkt, wie fertig seine Mutter war und ihr gut zugeredet, eine Woche in Urlaub zu fahren. Sie hatte keine Bedenken, dass er auch alleine zurechtkäme.

Seit dem Tod seines Vaters vor einem Jahr war er reifer geworden und nahm manchmal sogar die Rolle des Familienoberhauptes ein. Trotzdem ließ sie ihn ungern so ganz alleine zurück.

Das Packen und Auschecken im Hotel ging schnell. Wenige Stunden später traf sie in Bremen ein. Ihr blieb noch genügend Zeit, einzukaufen und Olivers Lieblingsessen zu kochen, bevor er aus der Schule kommen würde.

Als sie die Wohnungstür aufschloss, stolperte sie fast über zwei Paar Schuhe, die kreuz und quer im kleinen Flur verteilt waren. In der Küche stockte ihr der Atem. Berge von Abwasch stapelten sich in der Spüle, zwei Kartons mit Pizzaresten inmitten diverser Gläser von Nutella, Honig und Marmelade lagen auf dem Tisch, zwei eindeutige Rotweinpfützen starrten sie vom Tisch aus an, der Müllbeutel lief fast über und in der ganzen Wohnung roch es nach abgestandener Luft.

,Oh mein Gott', dachte sie entsetzt und riss das Küchenfenster auf. Was war denn hier passiert? Einen Schwall aufkommenden Ärgers schluckte sie mit dem Gedanken hinunter, dass sie ja eigentlich noch in Urlaub sei. Sicher hatte Oliver vorgehabt, vor ihrer Rückkehr gründlich aufzuräumen und alles sauber zu machen.

Gleich meldete sich ein schlechtes Gewissen. Sie hätte ihn nicht alleine lassen dürfen, er war erst fünfzehn.

Während sie die mitgebrachten Lebensmittel in dem nahezu leeren Kühlschrank verstaute, hörte sie, wie jemand leise die Küche betrat.

„Ups", erklang es leise hinter ihr. Sie zuckte zusammen und drehte sich erschrocken um.

An der Küchentür stand eine schlanke Blondine mit großen unschuldig blickenden blauen Augen, lediglich mit einem schwarzen Slip bekleidet.

„Morgen", sagte die Blondine, öffnete hastig die Kühlschranktür, um sofort darauf mit einer Flasche Mineralwasser zu verschwinden.

Susanna sank auf den nächsten Stuhl, der in ihrer Reichweite stand.

‚Was war das denn?' Sie griff sich an den Kopf und überlegte krampfhaft, ob sie gerade eine Erscheinung der außerirdischen Art gehabt hatte oder ob das Mädchen echt war.

Schlagartig wurde ihr die Situation klar. Ihr wohlbehüteter Sohn, der jetzt eigentlich in seiner Biologiestunde sitzen müsste, lag offenbar noch im Bett – und dazu in weiblicher Gesellschaft. Und das mit fünfzehn!

Susanna fingerte umständlich eine Zigarette aus ihrer Handtasche, zündete sie an und nahm einen tiefen Zug. Sie war drauf und dran, ins Zimmer ihres Sohnes zu poltern und ihn zur Rede zu stellen. Sie wusste momentan nicht, was sie als schlimmer empfand – dass er nicht in der Schule war oder dass er ein Mädchen bei sich hatte.

Sie riss sich zusammen und atmete tief durch. Ein Gespräch mit Oliver musste warten, die Situation war schwierig genug und sie musste sich erst wieder beruhigen. Sie konnte auch nicht unaufgefordert in sein Zimmer platzen und ihn vor dem Mädchen kompromittieren.

Susanne setzte ihre aufgewühlte Stimmung in positive Energie um und begann, den Schweinestall von Küche wieder in seinen natürlichen Zustand zu bringen.

„Guten Morgen, Mama. Du bist ja schon da. Ich freue

mich." Zwei lange Arme umfassten sie von hinten und Oliver drückte sich von hinten zärtlich an seine Mutter.

Susanne drehte sich um und blickte in die strahlenden braunen Augen ihres Sohnes, der in Jeans und T-Shirt ungewaschen und ungekämmt vor ihr stand. Die zuerst spärlich bekleidete Blondine hinter ihm hatte nun ebenfalls etwas mehr an, lächelte Susanne freundlich an und verabschiedete sich mit der knappen Bemerkung, dass sie nun Brötchen holen gehe.

Ehe Susanne etwas erwidern konnte, hatte sie bereits die Wohnungstür hinter sich geschlossen.

„Und ich helfe dir schnell beim Aufräumen, dann koche ich Kaffee und beim Frühstück erkläre ich dir alles, okay?"

Susanne starrte ihren Sohn sprachlos an. Plötzlich sah sie einen jungen Mann vor sich, dessen Freude über ihre Rückkehr nicht gespielt war und der darauf brannte, seiner Mutter alles zu erklären. Er war erwachsen geworden, ohne dass sie das bemerkt hatte.

Auf der Pirsch

Melli lag auf dem Bett und zappte mit der Fernbedienung von einem Programm zum anderen.

„Was machst du denn für ein Gesicht?", fragte Sina, die gerade aus einer Vorlesung kam und ihre Tasche achtlos in die nächstbeste Ecke warf.

„Ich hatte einen harten Tag. Und außerdem ist Frau Sandner heute gestorben."

„Oh", entfuhr es Sina, „damit war aber doch zu rechnen, oder?"

Frau Sandner lag seit einer Woche auf der Inneren Abteilung des städtischen Krankenhauses. Melli hatte sie sehr gemocht und intensiver als ihre anderen Patientinnen betreut. Aber so war das Leben, der eine kam, der andere ging.

„Komm, zieh dich an und lass uns auf die Pirsch gehen", versuchte Sina ihre Freundin aufzumuntern. Sie musste alle Register ihrer Überredungskünste ziehen, um Melli heute vom Ausgehen zu überzeugen.

Eine Stunde später saßen sie in ihrem Lieblingsrestaurant gegenüber vom Stadttheater und widmeten sich ihrem Hobby – Leute beobachten. Das machten sie regelmäßig, mindestens einmal in der Woche, wenn möglich am Freitagabend. Dann lästerten sie, dass sich die Balken bogen. Das Restaurant in Theaternähe war ideal für Menschen aller Couleur. Und mit einer guten Portion Humor und situativem Feeling hatten Melli und Sina einen Heidenspaß an solch einem Abend.

Sina und Melli wohnten seit einem halben Jahr zusammen in einer geräumigen Altbauwohnung mitten in der Stadt. Sie kannten sich seit ihrer Schulzeit am Gymnasium. Nach dem Abitur begann Melli ihre Ausbildung zur Krankenschwester und Sina heiratete einen Rechtsanwalt. Eigentlich hatte sie Jura studieren wollen. Aber die Arbeit in der Kanzlei ihres Mannes war so zeitintensiv, dass sie ihr Studium nach dem dritten Semester aufgab und sich ganz ihrer Arbeit als ‚Mädchen für alles', wie sie hinterher oft verbittert sagte, widmete.

Melli setzte ihren Lebensabschnittsgefährten irgendwann vor die Tür. Ein halbes Jahr später erwischte Sina ihren Göttergatten in flagranti, packte ihre Koffer und zog zu Melli.

Der Gatte Rechtsanwalt zahlte großzügigen Unterhalt, so dass Sina ihr angefangenes Studium in aller Ruhe, ohne finanzielle Sorgen, wiederaufnehmen konnte.

Wenn sie selbst erst Anwältin war, wollte sie es ihm und seiner Frau Richterin, die nun an Sinas Stelle in dem schmucken Einfamilienhaus wohnte, gründlich heimzahlen.

Sina und Melli hatten sich mit ihrem Singleleben arrangiert und beschlossen, vorläufig käme ihnen kein Mann mehr unter die Bettdecke. Das eine oder andere Exemplar der männlichen Gattung wurde von ihnen kritisch unter die Lupe genommen, um dann meist doch wieder als indiskutabel ad acta gelegt zu werden.

Das Restaurant am Theater war etwa eine Stunde vor Spielbeginn gut besucht. Sina und Melli hatten ihren festen Tisch, den sie immer einen Abend vorher telefonisch reservierten. Von hier aus hatten sie einen optimalen Überblick über alle Tische des Restaurants.

Schon bei der Vorsuppe zum Tagesmenü sprudelte es aus Sina heraus.

„Hast du das Pärchen an Tisch zwei gesehen? Er ist nicht von schlechten Eltern, aber die Herzensdame an seiner Seite ist doch mindestens im fortgeschrittenen Botoxalter."

„Wo die Liebe hinfällt. Warum ist es immer noch nicht normal, dass sich Frauen einen wesentlich Jüngeren nehmen? Das reduziert doch wenigstens den Witwenüberschuss", entgegnete Melli sachlich.

Ihre Geschmäcker in punkto Mann waren sehr verschieden. Und das war auch gut so. Nicht auszudenken, wenn sie sich um einen Mann streiten müssten!

„Schau mal, der an Tisch sieben. Der sieht doch ganz schnuckelig aus"; meinte Melli und schaute versonnen zum besagten Tisch hinüber, „und der ist sogar alleine."

„Melli, leidest du nun ganz unter Geschmacksverirrung? Das ist doch ein Weichei. Den könntest du mir um den Bauch binden und ich würde so lange rennen, bis er abfällt."

„Du ja, ich nicht. Ich würde ihn nicht von der Bettkante stoßen." Mit einem schmachtenden Blick, der nicht eindeutig signalisierte, wem er galt – dem Hauptgericht oder dem Mann - wandte sich Melli ihrer Maischolle zu.

Der heutige Abend war nicht sehr ergiebig. Melli und Sina konnten sich in Ruhe ihrer Maischolle widmen. Am Nachbartisch wurde bezahlt. Kaum war das ältere Ehepaar gegangen, kam ein neues an den Tisch.

Er war höchstens dreißig, ein völliger Durchschnittsmann, an dem man auf der Straße wahrscheinlich vorbei gelaufen wäre. Sie war schlecht zu schätzen, keine Falten in dem pausbäckigen rosigen Gesicht, aber mit einer ungeheuren Leibesfülle gesegnet. Der Stuhl unter ihr ächzte leicht, als sie Platz nahm. Essen wollten sie nichts, nur ein frisches Königs Pilsener vom Fass für ihn und eine Weißweinschorle für sie.

Melli bekam bei Frauen mit enormer Leibesfülle einen regelrechten Guckzwang, da ihr als Krankenschwester sofort mögliche Risikofaktoren für einen Herzinfarkt oder Schlaganfall durch den Kopf schossen.

Als hätte Sina ihre Gedanken erraten, blickte sie Melli an.

„Schlimm, wenn man so dick ist, nicht wahr?"

Melli hatte mittlerweile jedoch die Augen auf den Teil des Tisches gerichtet, der unterhalb der Tischdecke lag und gab Sina mit einem kaum merklichen Kopfnicken ein Zeichen. Während er oben am Tisch schweigsam sein Bier trank und mit seinen Gedanken mindestens am anderen Ende der Welt weilte, versuchte sie unter dem Tisch mit einem Fuß in sein Hosenbein zu krauchen. Er jedoch reagierte wie ein Eisblock, als gehören seine Körperteile oberhalb und unterhalb des Tisches nicht zusammen.

„Oben hui, unten pfui", flüsterte Sina. „Schau dir mal diese Schuhe an. So etwas hat mein Großvater schon getragen. Und dazu diese grauen Frotteesocken, die sicher mal weiß waren."

„Ob bei denen im Bett noch was läuft? Oder müssen sie sich erst den jeweils anderen schön trinken?", sinnierte Melli, die sich weder an den Schuhen, noch an den Socken, aber gedanklich an der Schweigsamkeit und der Langeweile im Gesicht des Paares festhielt.

„Nee, da bleibe ich doch lieber alleine, als an meiner eigenen Sprachlosigkeit zu ersticken."

Das Lokal leerte sich nach und nach, ein unumstößliches Zeichen, dass die Theatervorstellung bald begann.

Sina seufzte: „Das war ja heute nicht der Brüller. Komm, lass und zahlen und noch woanders einkehren, wo ein wenig Leben in der Bude ist. Am liebsten würde ich jetzt in eine Disco gehen." Melli stimmte ihr nickend zu.

Der Oberkellner wünschte den beiden Damen noch einen ereignisreicheren Abend und versprach ihnen, den Tisch für den kommenden Freitag freizuhalten.

Freitag, der dreizehnte.

Markus wurde durch ein lautes Klopfen an seiner Zimmertür unsanft aus seinen tiefsten Träumen gerissen. Verschlafen blinzelte er auf den Wecker. Erst halb sieben und er war noch so müde.

„Markus, das Frühstück ist fertig. Kommst du?"

„Ja, ich komme gleich."

Jetzt oder nie. Er wusste, wenn er sich noch einmal für fünf Minuten umdrehte, würde er sofort wieder einschlafen. Er quälte sich aus dem Bett, öffnete das Fenster und sog die kalte Februarluft tief ein.

Den Schlafanzug tauschte er schnell gegen eine Jogginghose und ein T-Shirt, kippte sich im Bad eine Handvoll kaltes Wasser ins Gesicht und fuhr sich mit der Bürste einmal durch das blonde, gewellte Haar .

Bereits auf der Treppe nach unten schlug ihm der Duft von frischem Kaffee und Rührei mit Speck entgegen. Fröhlich betrat er die warme Küche und setzte sich mit einem „Guten Morgen, Oma. Das duftet ja köstlich", auf seinen Platz.

„Guten Morgen, mein Junge", sagte seine Oma und goss ihm den dampfenden Kaffee in die Tasse.

Das leckere Frühstück entschädigte ihn für das frühe Aufstehen.

„Markus, ich würde den Termin am liebsten absagen."

Markus blickte erstaunt von seinem Rührei auf.

„Wieso das denn? Du hast so lange auf diesen Termin warten müssen. Da wirst du ihn doch nicht kurzfristig absagen. Oder geht es dir nicht gut?"

„Doch schon. Aber heute ist Freitag, der dreizehnte und da gehe ich eigentlich nie aus dem Haus."

Das hatte Markus völlig vergessen und Oma offensichtlich auch.

An einem Freitag, dem dreizehnten, war sein Opa bei einer Routineoperation nicht mehr aus der Narkose erwacht. Obwohl das schon fünf Jahre her war, hatte Oma jeden Freitag, den dreizehnten, als Unglückstag deklariert. Sie hatten bereits heftige Diskussionen über Aberglauben geführt, ohne auf einen Nenner zu kommen. Oma stand auf dem Standpunkt, dass es solche Weisheiten nicht ohne entsprechende Erfahrungen der Menschen gäbe.

„Oma, dir steht eine aufwändige Augenuntersuchung bevor und keine Operation", versuchte Markus seiner Oma gut zuzureden. „Dabei passiert nichts und daran stirbst du auch nicht."

„Ob ich sterbe oder nicht, ist mir egal. Ich habe mein Leben gelebt. Aber ich will das Schicksal nicht heraufbeschwören. Ich habe in den letzten Nächten schlecht geschlafen, das ist kein gutes Omen."

„Oma, du hast schlecht geschlafen, weil Vollmond ist. Da schläfst du immer schlecht."

Markus legte seine Hand auf den Arm seiner Oma und schaute sie aufmunternd an.

Er liebte seine Oma, aber manchmal war sie etwas anstrengend.

Als er vor zwei Jahren einen Studienplatz in Göttingen bekam, betrachtete er es als Geschenk des Himmels, bei seiner Oma in Göttingen mietfrei einziehen zu können.

Er hatte ein großes Zimmer im oberen Stockwerk und ein eigenes Bad und konnte tun und lassen, was er wollte. Sie bekochte ihn, wusch und bügelte seine Wäsche und war froh, dass wieder Leben im Haus war. Im Gegenzug erledigte Markus den wöchentlichen Einkauf und fuhr mit ihr überall dahin, wo sie zu Fuß nicht mehr gut hinkam.

Obwohl sie von Natur aus ein fröhlicher Mensch war, hielt sie an alten Weisheiten unerschütterlich fest.

Zwischen Weihnachten und Neujahr durfte keine Wäsche gewaschen werden oder auf der Leine hängen, sonst stirbt jemand. So sagt man jedenfalls. Oma hielt sich eisern daran.

Zu jeder Mondphase hatte sie eine Erklärung, die das eine oder andere Zipperlein erklärte.

So schlief sie im Gegensatz zu Markus bei Vollmond sehr schlecht oder schrie im Schlaf.

Einmal war Markus von diesem Schreien wach geworden, aus dem Bett gesprungen und mit einem schweren Kerzenleuchter war er an Omas Bett geeilt, in der festen Überzeugung, einen maskierten Einbrecher dort vorzufinden.

Bei Neumond trank sie mindestens zwei Kannen Beruhigungstee am Tag, da sie der Ansicht war, an Herzrhythmusstörungen zu leiden. War der Neumond vorbei, war auch Omas Herzschlag wieder normal.

Schon bevor der Wetterbericht eine Wetteränderung bekannt gab, hatte Oma ihn bereits anhand ihrer Knochenschmerzen prognostiziert.

Vieles in Omas Leben wurde genau nach dem Mondkalender geplant und ausgeführt. Davon war sie Zeit ihres Lebens überzeugt gewesen und ließ sich von nichts und niemandem davon abbringen.

Markus hielt von alldem nichts, akzeptierte aber diese

kleinen Macken seiner Oma, da er sie in abgeschwächter Form auch bei seiner Mutter erlebt hatte. Als er klein war und seine neuen Turnschuhe mitten auf den Küchentisch stellte, schrie seine Mutter regelrecht vor Schreck auf und befahl ihm, sie sofort runterzustellen, das bringe Unglück.

Oma war sichtlich unentschlossen, denn sie wusste, dass Markus sich diesen Vormittag extra frei genommen hatte, obwohl er mitten in einem Praktikum steckte.

Wie hatte ihr das auch passieren können, erst viel später zu entdecken, dass ausgerechnet dieser dreizehnte Februar ein Freitag war?

Schweigend räumten sie zusammen den Küchentisch ab. Als Markus zufällig einen Blick aus dem Küchenfenster warf, lief eine Katze durch den Vorgarten. Im selben Moment krachte etwas auf den Küchenboden.

Erschrocken blickte er sich um. Oma stand mit starrem Blick wie festgewurzelt hinter ihm und sah ebenfalls aus dem Fenster.

„Hast du das gesehen? Eine schwarze Katze von links. Das bringt Unglück."

Vor lauter Schreck waren ihr die zwei Frühstücksteller aus den Händen gerutscht und auf den Fliesen des Küchenbodens zersprungen.

Er bückte sich und sammelte die Scherben zusammen, als das Telefon klingelte.

Oma schlurfte in den Flur, nahm den Hörer ab und meldete sich.

„Ja, …ja, ich verstehe,…oh Gott,… nein, das macht gar nichts…Sie brauchen sich nicht zu entschuldigen…"

Oma kam zurück in die Küche, den Besen schon in der Hand.

„Markus, mach dich fertig und gehe zu deinem Praktikum, ich mach das schon. Und wenn du heute nach
Hause kommst, habe ich dein Lieblingsessen fertig."

„Wer hat da angerufen?", wollte Markus nun wissen.

„Das war die Augenarztpraxis. Sie haben den Termin ab-
gesagt, da der Herr Doktor einen Autounfall hatte. Es ist
ihm nichts passiert, aber er lässt sich im Krankenhaus si-
cherheitshalber untersuchen. Wer weiß, wozu das gut
ist.", fügte sie mit einem verschmitzten Lächeln hinzu.

Markus hatte noch ausreichend Zeit, um pünktlich zum
Praktikum zu kommen. Er hatte einen Fußweg von wenigen Minuten vor sich und war dankbar, dass Oma ihn
nicht überzeugen musste, heute, an diesem Freitag, den
dreizehnten, das Auto in der Garage zu lassen. Denn
dann wäre er sicherlich zu spät gekommen.

Kindermund

„Opa, ich muss Dir was erzählen!"

Aufgeregt kommt die sechsjährige Nicole in die Küche
gerannt und setzt sich auf einen Stuhl an den Tisch, an
dem ihr Großvater damit beschäftigt ist, sein Kreuz-
worträtsel zu lösen.

„Liebchen, was ist denn los? Du bist ja ganz aufgeregt?"

Opa Heinrich legt seinen Stift weg und wendet sich seiner Enkeltochter interessiert zu.

„Die Schafe auf Opa Werners Wiese sind bunt."

„Wie … bunt?", fragt Opa Heinrich erstaunt und überlegt, ob seine Enkelin vielleicht Fieber hat.

„Na, bunt. Die Wiese sieht aus wie ein Osternest. Alle Schafe haben einen bunten Pullover an."

„Nicole, das kann nicht sein. Die Schafe von Opa Werner sind gestern geschoren worden."

„Ja, deshalb sind sie heute bunt. Ich bin nach der Schule bei Opa Werner gewesen und habe ihn gefragt, warum seine Schafe alle Pullover anhaben."

„Und? Was hat Opa Werner gesagt?", wollte Opa Heinrich erstaunt wissen.

„Er hat gesagt, dass er die Schafe gestern geschoren hat. Und weil nun die Schafskälte ist und die Schafe nicht frieren sollen, hat er jedem Schaf einen Pullover angezogen, bis es wieder wärmer wird."

Opa Heinrich nickte Nicole zustimmend zu, beschloss aber, sich nach dem Mittagessen selbst davon zu überzeugen, was auf Opa Werners Hof für kuriose Dinge geschahen.

Die Bank

Als Kind war ich ein blasser, schmächtiger Junge mit rötlichen Haaren und Sommersprossen. Im Gegensatz zu meinen Klassenkameraden war ich sehr klein und dünn. Meine Eltern bemühten sich, unsere große Familie satt zu bekommen, was oft nicht einfach war.

Durch die Hilfe von Freunden war es uns gelungen, nach Amerika auszuwandern und somit dem sicheren Tod in einem Konzentrationslager zu entkommen.

Wenn ich mich auch äußerlich von meinen Klassenkameraden unterschied, so war ich nicht auf den Mund gefallen. Viele Jungen in meiner Klasse kamen aus wohlhabenden Verhältnissen. Ein Vater hatte eine große Fabrik, ein anderer war ein berühmter Chirurg und ein weiterer besaß ein großes Kaufhaus mit vielen Angestellten.

Eines Tages in der Pause wurde ich gefragt, was mein Vater beruflich mache.

„Mein Opa hat eine Bank."

„Eine Bank in der Familie zu haben ist gut, da hat man immer genug Geld", war die einhellige Meinung der Jungen meiner Klasse.

Nach dem Abitur zog es mich an eine Universität nach Kalifornien. Uns ging es damals wirtschaftlich viel besser, aber noch lange nicht gut. Neben meinem Studium musste ich hart arbeiten, um mein Zimmer im Studentenheim und das Nötigste zum Leben bezahlen zu können.

Mein Opa war längst gestorben. Nun hatte mein Vater die Bank geerbt.

„Warum arbeitest du nebenher so hart, wenn dein Vater eine Bank hat?", wurde ich oft gefragt.

„Mein Vater und ich verstehen uns nicht besonders gut. Ich möchte auf eigenen Beinen stehen." Eine plausible Antwort, die höchstens die Frage nach sich zog, warum es zwischen meinem Vater und mir nicht stimmte. Nun, dazu fiel mir immer etwas ein.

Als ich Rechtsanwalt geworden war, hatte ich eine gut gehende Kanzlei mit vielen Angestellten und konnte meine Familie an der Ostküste sogar finanziell unterstützen.

Die Bank meines Großvaters und Vaters lag in der Schweiz und war eine kleine Privatbank mit einem unbedeutenden Namen.

Und wenn ich zu meiner Familie nach Hause fuhr, ging ich zuerst in unseren Garten. Vergnügt setzte mich auf unsere alte Holzbank, die mich so manches Mal unproblematisch durchs Leben getragen hatte.

Wartezimmer

Ein Zimmer, in dem man wartet. Worauf?

Ein Zimmer, das von den Gedanken der Wartenden erfüllt ist.

Als ich die Gesichter der Menschen im Wartezimmer betrachtete, hätte ich gerne in die Köpfe der Menschen hinein gesehen. Welche Gedanken beschäftigen sie?

Eine Frau mittleren Alters hält die Hände ruhig im Schoß gefaltet. Ihre Körperhaltung ist ruhig, sie bewegt sich kaum. Aber ihre Augen vollführen einen kleinen Marathon. Die schmalen Lippen bilden eine feine Linie in dem von mehreren Fältchen geprägten Gesicht. Die großen braunen Augen hinter der randlosen Brille wandern unruhig hin und her.

Als sie aufgerufen wird, springt sie auf und lächelt.

Hat sie darauf gewartet, die Nächste zu sein? Erwartet sie einen Befund, dem sie mit Spannung entgegen blickt?

Das junge Mädchen zu ihrer Rechten mit den grünblond gefärbten Haaren und den mit blauen Kästchen bemalten, ursprünglich weißen Turnschuhen, betrachtet intensiv ihre Arme, mal rechts, mal links. Neurodermitis. Aber aus diesem Grund ist sie sicher nicht in einer gynäkologischen Praxis. Als sie ihre Arme wieder in ihren schwarzen Sweatshirtärmeln versteckt hat, widmet sie sich ihren bunt lackierten Fingernägeln.

Eine ältere Dame kommt, setzt sich hin und greift sofort nach der neuesten Regenbogenpresse. Sie ist so vertieft in ihre Lektüre, dass sie beim Kommen und Gehen anderer Patientinnen nicht einmal aufschaut.

Direkt am Fenster eine Frau mit müden Augen, die ununterbrochen aus dem Fenster blicken.

Die Sonne, die sogar in eine winzige Ecke des Wartezimmers scheint, kann ihre Augen nicht zum Leuchten bringen. Sie scheint mit ihren Gedanken weit weg zu sein, nicht bei den Passanten, die bei strahlend blauem Himmel am Fenster entlanggehen, nicht in dem gegenüberliegenden Garten, der langsam aus dem Winterschlaf zu erwachen scheint.

Starr und teilnahmslos blicken sie vor sich hin auf die Straße mit dem alten Kopfsteinpflaster.

Es ist still im Wartezimmer. Die einzigen Geräusche sind das Klingeln des Telefons, die freundliche Stimme der

Arzthelferin, die Termine vergibt, Rezeptwünsche annimmt und sich auch telefonisch nach dem Befinden der Patientinnen erkundigt.

Türen werden leise geöffnet und geschlossen. Die Ärztin holt ihre Patientinnen selbst aus dem Wartezimmer ab und gibt ihnen zur Begrüßung die Hand.

Keine knarrende Durchsage wie in anderen Praxen ‚Frau Sowieso, bitte in Sprechzimmer x'.

Die wohltuende Stille wird durchbrochen durch eine hereinkommende junge Mutti mit einem Kleinkind, das erst wenige Monate alt ist. Groß blicken die strahlend blauen Augen von einem zum anderen und erst, als das Kind auf dem Schoß der Mutter sitzt, verliert es seine Scheu und lächelt jeden reihum an, mit quiekender Babysprache und wild gestikulierenden Händchen.

Ein Mann betritt das Wartezimmer. Plötzlich richten sich alle Blicke auf ihn. In keiner anderen fachärztlichen Praxis zieht ein Mann die Blicke der Frauen so auf sich. Nachdem er seiner Frau aus dem Mantel geholfen hat, verabschiedet er sich wieder. Die Frauendominanz scheint ihn verschreckt zu haben.

Es kehrt wieder Ruhe ein und die Gedanken ziehen erneut ihre Kreise.

Kirschmund Geflüster

Lebenslänglich

Gedankenverloren saß sie vor der geschlossenen Terrassentür und starrte in den verschneiten Garten hinaus. Die grauen Wolken hingen schwer und tief. Unzählige Schneeflocken tanzten leise vom Himmel herab und legten sich sanft auf den dicken weißen Schneeteppich.

Alles um sie herum war still. Hin und wieder maunzte Felix, der weißgraue Kater, der sich schläfrig in ihrem Schoß eingekuschelt hatte.

Stundenlang saß sie reglos vor dem Fenster und schaute hinaus, Tag für Tag.

Aller Glanz war aus den braunen lebhaften Augen der siebzehnjährigen Justin gewichen. Ihre einst vollen Lippen waren zu einem schmalen Strich geworden. Sie hatte das Lächeln verlernt.

Wie so vieles, was ihr in ihrem früheren Leben wichtig gewesen war.

Als sie die Türglocke hörte, zuckte sie kaum merklich zusammen. Felix sprang aufgeschreckt von ihrem Schoß und suchte sich ein anderes Plätzchen, um ungestört weiterzuschlafen.

„Justin, Herr Peters ist da". Justins Mutter hatte leise die Tür geöffnet und ein junger Mann trat ein.

Freundlich lächelnd reichte er Justin die Hand.

„Hallo Justin, wie geht es Ihnen heute?"

„Danke, gut, alles bestens."

Drei Mal pro Woche dasselbe Begrüßungsritual, drei Mal pro Woche dieselbe stereotype Antwort. Obwohl Michael Peters alles tat, um Justin aus der Reserve zu locken, er kam nicht an sie heran. Verschlossen und in sich gekehrt arbeitete sie mit ihm, aber über den normalen Unterricht hinaus hatte er keine Chance, ihren Panzer nur ansatzweise zu knacken. Noch nicht.

Michael Peters war Justins Privatlehrer, der sie seit einiger Zeit zu Hause unterrichtete, da Justin sich beharrlich weigerte, eine normale Schule zu besuchen. Sie war sehr intelligent und hatte eine rasche Auffassungsgabe. Früher war sie sehr gerne zur Schule gegangen und hatte bereits seit langem konkrete Berufsvorstellungen, was sie nach dem Abitur machen wollte. Nun war aber alles anders. Sie bemühte sich zwar, den laufenden Stoff zu erarbeiten, aber über ihre weiteren Pläne redete sie nicht mehr.

Justins Familie war wohlhabend und konnte sich Michael Peters als Privatlehrer leisten. Sie taten alles für ihre Tochter, in der verzweifelten Hoffnung, ihr das Leben so angenehm wie möglich zu gestalten. Helfen konnte ihr niemand mehr, nicht einmal die Ärzte.

Justin war sich darüber im Klaren. Seitdem sie wieder zu Hause in der elterlichen Villa war, zog sie sich zurück, redete kaum und war am liebsten alleine.

Aus dem einst fröhlichen und überall beliebten Mädchen war innerhalb kürzester Zeit eine schwer depressive Frau geworden, die am Leben verzweifelte und lieber tot wäre.

Es passierte vor einem halben Jahr. Fröhlich und in ausgelassener Stimmung hatte Justin mit ihrem Freund Chris die Disko verlassen. Es war ein lauer Sommerabend und nach einem Spaziergang stiegen sie in Chris' Auto. Er fuhr besonnen und vorsichtig, wie er es immer tat.

Wenige Kilometer vor der elterlichen Villa preschte ein Auto auf sie zu und krachte in die Beifahrerseite. Der ankommende Wagen hatte die Vorfahrt nicht beachtet.

Chris war nahezu unverletzt geblieben, aber Justin war schwer verletzt worden.

Noch in der Nacht wurde sie in der Uniklinik operiert und fiel ins Koma.

Der Unfallfahrer erlitt einen schweren Schock und eine Schulterfraktur und wurde ebenfalls in die Uniklinik eingeliefert.

Er war ein sympathischer junger Mann namens Steve, ein Musikstudent im sechsten Semester, der sich nicht erklären konnte, wie das passiert war.

Nach mehreren Gesprächen mit Justins Eltern erlaubten sie ihm, Justin zu besuchen. Er saß stundenlang an ihrem Bett, erzählte ihr viel aus seinem Leben, las und sang ihr vor und spielte ihre Lieblings - CDs. Er war überzeugt, dass sie ihn hörte und irgendwann aus dem Koma erwachen würde. Es war rührend, was er alles versuchte, um Justin zurückzuholen.

Justins Eltern hatten allen Grund, ihn zu hassen, da er das Leben ihrer einzigen Tochter so grausam zerstört hatte. Aber sie mochten ihn auch, als sie sahen, wie sehr er selbst litt und wie sehr er sich um sie bemühte. Der Unfall war passiert und daran war nichts mehr zu ändern. Steve musste zeitlebens mit dieser Schuld leben.

Nach vier Wochen erwachte Justin aus dem Koma. Als sie erfuhr, wer der junge Mann war, der stundenlang an ihrem Bett gesessen hatte, wurde sie so wütend, dass sie ihm verbot, sich je wieder in ihrer Nähe blicken zu lassen.

Als sie die niederschmetternde Diagnose bekam, dass sie querschnittgelähmt sei, erstarb alles Leben in Justin. Sie konnte sich nicht damit abfinden, Zeit ihres Lebens in einem Rollstuhl zu sitzen. Fast alles, was ihr Leben bisher ausgemacht hatte, konnte sie in Zukunft nicht mehr ausüben.

Sie war eine leidenschaftliche Reiterin und hatte schon

mehrere Turniere gewonnen. Darüber hinaus war sie sehr musikalisch und hatte Chancen, eine Karriere als Pianistin zu machen. Die Welt hatte ihr offen gestanden, bis zu jenem verhängnisvollen Abend.

Ihr geheimer Berufswunsch war jedoch eine Ausbildung zur Pilotin.

All ihre Träume brachen wie ein Kartenhaus in sich zusammen. Nichts davon konnte sie in Zukunft realisieren.

Die anschließende Rehabilitationsmaßnahme mit intensiver Psycho- und Bewegungstherapie schlug nicht an, denn Justin verweigerte jegliche aktive Mitarbeit. Sie kehrte nach Hause zurück und kapselte sich von der Außenwelt völlig ab. Mit ihrem Freund brach sie. Sie brauchte Zeit, sich neu zu orientieren. Niemand wusste, wie lange und mit welchem Ausgang. Justins Eltern achteten peinlich darauf, dass sie keine größeren Mengen Tabletten in die Hände bekam, um sich nicht selbst umzubringen.

Sie wusste nichts davon, dass Steve regelmäßig anrief, um sich nach Justins Befinden zu erkundigen. Er hätte sie so gerne persönlich besucht und sich bei ihr entschuldigt, aber sie wollte ihn nicht sehen. Beharrlich schickte er ihr einmal in der Woche einen Strauß bunter Blumen mit einem Brief, den sie jedes Mal ungelesen in eine Schublade warf.

In wenigen Wochen würde der Prozess sein, in dem Steve für seine Tat zur Verantwortung gezogen würde. Vielleicht würde das die Blockade in Justin lösen, wenn sie sah, dass auch er unter den Folgen dieses Unfalls lebenslänglich zu leiden hätte. Eine schwache Hoffnung in dieser hoffnungslosen Lage.

Warum, Moni?

Entsetzt und fassungslos hast du uns zurückgelassen. Wer sich nicht untereinander im Verlauf der vergangenen Woche informiert hatte, erfuhr es am vergangenen Freitag. Die Stimmung war bedrückend, fernab von jeglicher Fröhlichkeit, die normalerweise freitags herrscht.

Stumm und nachdenklich die Gesichter bei jedem Aufguss, mancher Blick wanderte unauffällig in die Richtung deines Platzes, der nun leer oder von jemand anderem besetzt wurde.

Zwischendurch auf der Terrasse, im Restaurant oder irgendwo in der Anlage Menschen, die mit betroffenen Gesichtern in ein Gespräch vertieft waren.

In deinem Leben gab es viele WARUMS. Du warst das Tagesgespräch. Du gehörtest seit Jahrzehnten zum ‚Urgestein' der Anlage, jeden Montag, Mittwoch und Freitag. Jeder kannte dich als einen ruhigen, unaufdringlichen, stets freundlichen Menschen, der über jeden Witz herzhaft lachen konnte. Mit eiserner Disziplin hast du jeden deiner Saunatage gestaltet, dreimal pro Woche. Für jeden schienst du topfit, durchtrainiert und kerngesund zu sein, eine Frau, Mitte sechzig.

Nur sehr wenige wussten von deinen Depressionen, deinem mangelnden Selbstwertgefühl und deiner Einsamkeit ebenso wie von deinem Schlankheitswahn und deiner Angst, auch nur ein Gramm Körpergewicht zuviel zu haben. Von deiner Angst, mit einigen Kilogramm mehr nicht mehr attraktiv zu sein. Warum konntest du nicht akzeptieren, dass auch du – wie wir alle – älter wirst?

Nachdenklichkeit und Betroffenheit auf vielen Gesichtern, Gedanken, die keine Antwort finden. Im Nachhinein ist einiges ans Tageslicht gekommen, was wir alle nicht wussten. Aber hätten wir dir mit diesem Wissen helfen können? Hättest du dich doch nur rechtzeitig jemandem anvertraut, dich mitgeteilt. Vielleicht hättest du so einige deiner Probleme und Ängste besser in den Griff bekommen?

Wir alle kennen uns viele Jahre, sogar Jahrzehnte. Aber wie gut kennen wir uns wirklich?

Wie verzweifelt musst du gewesen sein, dass du den Freitod gewählt hast? Dass ausgerechnet du, eine exzellente Schwimmerin, ins Wasser gegangen bist, das du doch so sehr geliebt hast?

Viele werden dich vermissen, jeden Montag, Mittwoch und Freitag.

Möge dein Tod wenigstens den Sinn haben, dass wir mehr aufeinander achten und den Menschen hinter seiner Fassade begreifen und nicht darüber hinwegsehen, wenn wir merken, dass etwas nicht stimmt.

Möge deine Seele den Frieden finden, den dir das Leben nicht mehr geben konnte.

Für Moni, die uns fehlen wird.

Die Versuchung

"Nein', schalt sie sich innerlich und versuchte, ihre Gedanken ganz bewusst in eine andere Richtung zu lenken. Was passierte da mit ihr? Seit Wochen hatte sie sich und ihre Gedanken völlig unter Kontrolle und wenn die Gedanken in eine andere Richtung drifteten, hatte sie genügend Mechanismen entwickelt, sie wieder auf den richtigen Weg zu bringen.

Heute schien sie in einem inneren Ausnahmezustand zu sein. Ihre Hände wurden feucht und sie spürte förmlich, wie sich ihre hektischen Flecken vom Kinn über die Nase, weitläufig nach rechts und links ausbreiteten, um dann zu allerletzt auch ihre Stirn zu zieren.

Unruhig wanderten ihre Augen zu den Nachbarn am linken und rechten Tisch. Niemand schien ihre Unruhe zu bemerken.

Ihre Augen vertieften sich wieder in die Sonntagszeitung, ohne den Sinn des Gelesenen zu erfassen. Was hielt sie hier? Warum konnte sie nicht einfach aufstehen und gehen? Niemand kannte sie, niemandem würde das auffallen.

Sie hatte das Gefühl, an ihrem Platz zu kleben. Die Beine nahmen den Appell des Gehirns ,Steh auf', nicht wahr. Mutlos schaute sie aus dem Fenster. Sollte sie oder sollte sie nicht?

,Nein' sagte ihre innere Stimme rigoros. ,Du hast dich doch nicht wochenlang gequält, um jetzt von einer Sekunde zur anderen wieder schwach zu werden. Dann war alles umsonst.'

Es war, als krabbelten Ameisen an ihrem Körper auf und ab. Sie blickte verstohlen an sich hinunter, nichts. Es war nur ihre innere Unruhe, die sie förmlich auf ihrer Haut spürte

Sie hatte sich wahrlich gequält. Aber sie war auch stolz, bisher durchgehalten zu haben.

Der Verzicht hatte sich gelohnt und sie war zufrieden mit sich.

Sie hatte einen entscheidenden Fehler gemacht. Die ersten Frühlingssonnenstrahlen hatten sie herausgelockt und zu einem Spaziergang animiert. Die bunt leuchtenden Krokusse hatten sie fasziniert und so war sie dem Ehepaar vor ihr in Gedanken einfach gefolgt. Und als sie das erkannt hatte, war es zu spät.

'Nein, es war kein Fehler, es sollte so sein.' Als ihr dieser Gedanke kam, wurde sie schlagartig ruhig. Ihre Augen blickten suchend umher. Da kam sie, die freundliche Bedienung und brachte ihr das bestellte Kännchen Kaffee.

„Ach, bringen Sie mir doch noch ein Stück von der tollen Erdbeertorte. Ich kann einfach nicht widerstehen, sie sieht so gut aus."

„Gerne, antwortete die freundliche Bedienung, „die ist heute besonders gut."

Kirschmund
Geflüster

Cut

Der Spiegel zerbarst in unzählige Splitter.

Sie fühlte sich besser, nun nicht mehr in ihre vom vielen Weinen rotgeränderten Augen, und auf ihre Augenringe blicken zu müssen. Zum letzten Mal bürstete sie ihr langes schwarzes Haar, band es fest zu einem Pferdeschwanz zusammen und ging unter die Dusche. Mit einem Peeling aus Avocado, Olive und Limone versuchte sie in Gedanken alles abzuschrubben, was sich in den letzten Tagen in ihrem Inneren festgesetzt hatte. All ihre Wut und Enttäuschung, das Salz auf ihrer Haut von den unendlichen Tränen der letzten zwei Nächte. Der Massagehandschuh hinterließ unzählige rote Striemen auf ihrer Haut. Doch sie fühlte sich besser, gereinigt und geläutert und mit neuer Energie durchblutet.

Vorbei war es mit ihren depressiven Gedanken, den flüchtigen Momenten, ihrem Leben ein Ende zu setzen.

Sie brauchte Veränderung, in jeder Hinsicht.

Ihr Terminkalender für heute war randvoll.

Als erstes würde sie sich die langen Haare in Streichholzlänge schneiden und mit ein paar roten und hellen Farbsträhnchen aufpeppen lassen. Dann würde sie sich von ihrer dunklen, dezenten Kleidung verabschieden und sich den bunten Farben des bevorstehenden Sommers öffnen.

Sie wollte neue Möbel kaufen. Nur so konnte sie seinen Geruch, den sie in jeder Ecke einatmete, aus ihren Sinnen verbannen. Für morgen hatte sie die Maler bestellt. Leicht abgetönte, aber helle Farben nahmen in ihrer Vorstellung Gestalt an.

Als sie sich umschaute, kam sie sich vor wie einem Museum. Dunkel und deprimierend war alles um sie herum, genau wie die Jahre, die sie mit ihm verbracht hatte. Diese Aura hatte sich wie ein Schleier auf ihre Seele gelegt.

Sie zog die dunklen Vorhänge beiseite. Der Tag kündigte sich mit Vogelgezwitscher an und am Horizont ging die Sonne auf, langsam und strahlend.

Ihre Seele sah endlich ein Licht am Ende des Tunnels.

Hallo, Taxi!

Eine bleierne Müdigkeit überfiel ihn, nachdem er sich in die Reihe der Taxen am Bahnhof Oranienburg eingereiht hatte. Das hektische Treiben auf dem Bahnhofsvorplatz und die Scharen von Schülerinnen und Schülern, die lärmend das gegenüberliegende Runge-Gymnasium verließen, konnten ihn nicht davon abhalten, für ein paar Minuten die Augen zu schließen und ein kleines Nikkerchen zu halten. Er hatte seinen Fahrgast am Oranienburger Schloss abgesetzt und hoffte, nicht leer nach Berlin zurückfahren zu müssen. Lange durfte er sich mit seinem Berliner Kennzeichen hier nicht aufhalten.

Er schreckte zusammen, als die hintere rechte Tür geöffnet wurde und ein Fahrgast mit einer schwarzen Reisetasche einstieg.

Verstohlen blickte er kurz in den Rückspiegel, um sich zu vergewissern, dass ihn seine Sinne nicht getäuscht hatten, dann drehte er sich um. ‚Ein Pinguin‘, schoss es ihm durch den Kopf. Obwohl er weder auf den Kopf noch auf den Mund gefallen war, machte sich eine leichte Nervosität breit. Mit Menschen dieser Gattung hatte er überhaupt keine Erfahrung, obwohl er seit seinem fünfundzwanzigsten Lebensjahr Taxi fuhr.

„Grüß Gott“, hörte er eine melodische Stimme aus dem hinteren Teil des Wagens.

„Juten Tach auch“, antwortete er ihr. Er verabschiedete sich von seinem nicht gehaltenen Nickerchen und freute sich, dass er sich nun schnellstens auf den Weg machen konnte. Die Kollegen würden ihn wutentbrannt hupend verabschieden, wenn er sich mit seinem außergewöhnlichen Gast vor den anderen davonschlich. Aber sie hatte ihn auserwählt – warum auch immer – und er nahm das als besondere Fügung hin. Er, Lutze Steiner, achtundvierzig Jahre alt, ledig und Taxifahrer aus Leidenschaft.

„Wo soll et denn hinjehen?“

„Nach Berlin, in die Budapester Straße“.

„Da wären Sie aber schneller dran, wenn Sie mit dem Zug bis Bahnhof Zoo und dann mit dem Bus 200 gefahren wären. Von hier aus ist das nicht billig.“

„Ja, ich weiß, ich hätte so auch fahren sollen, aber ich möchte gern noch eine Stadtrundfahrt machen“. Schuldbewusst senkte sie den Blick, als erwarte sie von oben die Absolution.

‚Komischer Vogel‘, dachte sich der Taxifahrer, rückte seine beige Baseballkappe gerade und fuhr, unter den düsteren Blicken der Kollegen, die in der wärmenden Frühlingssonne mit einem Plastikbecher Kaffee an ihre Autotüren gelehnt standen und diskutierten, davon.

„Woll'n Se wat Besonderes sehen?", fragte er, mit Blick in den Rückspiegel.

„Ja, ich würde gerne das Brandenburger Tor ohne die Mauer sehen und den Berliner Dom …und den Reichstag. Ist das machbar?"

„Klaro."

Mittlerweile hatte er die ehemalige Polizeikaserne in Lehnitz erreicht und fuhr die endlos lange Landstraße Richtung Summt lang.

„Wo soll ich Sie in der Budapester Straße absetzen? Am Aquarium? Oder wollen Sie in den Zoo?" Er biss sich auf die Lippen. Wenn sie den Spitznamen für Nonnen kannte, würde sie sich sicher beim Thema Zoo auf den Arm genommen fühlen. Plötzlich fielen ihm die vielen Witze über Nonnen ein, die er je gehört hatte, und er verkniff sich ein Lächeln. Er hatte weder mit dem lieben Gott noch mit der Kirche etwas am Hut. Aber dieses fremde Wesen übte eine gewisse Neugier auf ihn aus. Sein Fahrgast blickte interessiert aus dem Fenster und betrachtete die rechts und links von der Straße liegenden Bäume, deren sanftes Grün im Sonnenlicht besonders reizvoll aussah.

„Ich möchte zum Schluss gerne zum Franziskus-Krankenhaus."

„Ach so." Er betrachtete sie im Rückspiegel. Er konnte nicht einschätzen, wie alt sie war.

In ihrem rosigen Gesicht, das trotz einiger Falten lebendig und jugendlich wirkte, strahlten zwei tiefblaue Augen. Vor ihrem schwarzen Schleier leuchtete ein silbrig grauer Haaransatz.

Sie konnte Anfang fünfzig, aber auch Mitte sechzig oder

sogar noch älter sein. Sie wirkte zeitlos und war als junge Frau sicher bildhübsch gewesen. Lutze Steiner überlegte angestrengt, wie er sie in ein Gespräch verwickeln könnte. Das war sein Naturell, sich mit seinen Fahrgästen zu unterhalten und sich mit ihnen auszutauschen.

„Sie sind doch hoffentlich nicht krank", entfuhr es ihm. Das Gesicht, das sich ihm im Rückspiegel präsentierte, machte einen kerngesunden Eindruck.

„Sie sind sehr mitfühlend", antwortete sie und ihre Blicke trafen sich im Spiegel.

„Nein, ich bin nicht krank, ich übernehme die Krankenhausleitung und löse die derzeitige Schwester Oberin ab."

„Dann ist ja allet jut. Ick heiße übrigens Lutz, meine Freunde nennen mich Lutze." Hätte er nicht beide Hände am Steuer, würde er ihr artig die Hand geben. So beschränkte er sich auf ein kurzes Zublinzeln im Rückspiegel.

„Angenehm, Schwester Theodora."

Erleichtert konzentrierte er sich nun auf die Autobahnauffahrt in Mühlenbeck, Richtung Pankow, von der fast täglich irgendwelche Unfallmeldungen in den Nachrichten zu hören waren.

Als hätte sie seine Gedanken erraten, begann sie zu erzählen, dass sie nach dem Mauerbau einmal in Berlin war und seitdem nie wieder. Nie hatte sie vergessen, wie sie fassungslos in West-Berlin vor dem von der DDR propagierten ‚Antifaschistischen Schutzwall' stand, der das Leben so vieler Familien brutal zerstört hatte. Alles, was sie sonst über Berlin wusste, kannte sie aus Büchern, dem Fernsehen und aus Erzählungen ihrer Mitschwestern. Sie konnte sich noch gut an den Mauerfall erinnern und spürte noch heute die Gänsehaut auf ihren Armen, als sie mit ihren Mitschwestern die Berichterstattung im Mutterhaus der Franziskanerinnen im Emsland über den Bildschirm verfolgte. Vieles hatte sich seitdem in Berlin verändert und bevor sich die Klosterpforten wieder hinter ihr schlossen, wollte sie dieses veränderte und pulsierende Berlin sehen.

„Det versteh ick. Ick bin übrijens en waschechter Berliner, im Prenzelberg jeborn, keener von denen, die nur ma gucken wolln, wat in de Hauptstadt so los ist. Aber da wohn ick nich mehr. Ick wohne nu in Tiergarten, ja nich weit vom Franziskus-Krankenhaus entfernt."

„Haben sie Familie?", fragte Schwester Theodora eher beiläufig.

„Ne, det hab ick noch nich jeschafft. Wer will denn so eenen, der dauernd auf de Straße is? Außerdem halten mich meine Freunde für nich beziehungsfähig und haben mir schon prophezeit, dass ick wohl bis zur Schnabeltasse pubertieren werde."

Er warf einen schnellen Blick in den Spiegel. Die zahlreichen Biere vom gestrigen Abend schwammen noch in seinen Tränensäcken herum und rasiert hatte er sich bereits seit drei Tagen nicht mehr. Er griff nach einem Kaugummi, denn er wollte nicht, dass die Duftwolke aus Bier und Döner Kebab mit viel Knoblauch in den hinteren Wagenraum entwich und der guten Schwester eine Übelkeit verursachte.

„Na, da haben wir ja was gemeinsam. Ihre Brüder sind die Taxikollegen und meine Familie sind meine Mitschwestern."

„Wie isn det so im Kloster? Ick hab da echt keenen Plan."

Erstaunt schaute Schwester Theodora in den Rückspiegel und traf seinen neugierigen, fast jungenhaften Blick.

„Ich bin mit achtzehn eingetreten und habe die letzten siebenunddreißig Jahre fast ausschließlich im Mutterhaus im Emsland als Krankenschwester gearbeitet. Zwischendurch war ich für fünf Jahre in einem Krankenhaus in Bombay. Für mich ist es das ideale Leben, ich habe noch keinen einzigen Tag davon bereut."

‚Na bitte', dachte er zufrieden, mit seiner altersmäßigen Einschätzung lag er nicht so ganz daneben.

Mittlerweile hatten sie den Bezirk Prenzlauer Berg fast hinter sich. Vor ihnen ragte imposant die Silhouette des Fernsehturmes am Alexanderplatz im Schein der Mittagssonne auf. Nun kam Lutze ins Schwärmen. In Berlin-Mitte kannte er sich aus, wie in seiner Westentasche.

Er liebte es, seinen Fahrgästen die Sehenswürdigkeiten Berlins nahezubringen, von deren Entstehung und geschichtlicher Entwicklung in den Wirren des Krieges zu erzählen, über ihre manchmal kuriose Nutzung in der DDR und ihre heutige Bedeutung für die Berliner.

Schwester Theodora saß fasziniert im Fond des Wagens und lauschte gebannt seinen Ausführungen. Jahrzehnte der geschichtlichen Entwicklung erstanden vor ihrem geistigen Auge. Das, was sie sich bereits an Wissen angeeignet hatte, verschmolz mit den Schilderungen ihres freundlichen Reiseführers und der Bildhaftigkeit der imposanten Bauwerke zu einem einheitlichen Ganzen.

Am Bahnhof Alexanderplatz konnte sie nicht mehr an sich halten.

„Bitte, halten Sie an. Ich muss unbedingt ein paar Fotos machen."

Lutze stoppte jäh seinen Redeschwall und suchte krampfhaft nach einer geeigneten Stelle, um anzuhalten, was inmitten der rollenden Blechlawinen und den ständigen Baustellen gar nicht einfach war. Aber ein Taxifahrer hatte bestimmte Narrenfreiheiten und hielt an Stellen, an denen es dem Otto-Normal-Autofahrer im Traume nicht einfallen würde. Und als Schwester Theodora mutig mit ihrer Digitalkamera und wehendem Schleier kurz aus dem Auto sprang, um das eine oder andere Objekt ihrer Begierde festzuhalten, staunten nicht wenige über dieses ungewohnte Straßenbild. Auch der Taxifahrer, der mittlerweile das Taxameter ausgestellt und diese Fahrt für heute als seine tägliche gute Tat verbucht hatte, fragte sich die ganze Zeit, was Schwester Theodora mit einer Digitalkamera wohl anfing.

Aber da saß sie auch schon wieder im Wagen und es konnte weitergehen.

„Halt, bitte halten Sie an!". Erneut war sie ausgestiegen und eilte zur Schlossbrücke, um von dort den Berliner Dom als protestantische Antwort auf den Petersdom in Rom zu fotografieren.

Nachdem sie das Hauptportal der Humboldt-Universität, die Staatsoper, den Bebelplatz und auch die grünliche Kuppel der Sankt Hedwig-Kathedrale, der Bischofskirche des Bistums Berlin, eingefangen hatte und sich strahlend wieder ins Auto setzte, fragte er sie direkt:

„Gute Schwester, Sie wissen schon, dass man für Ihre Kamera normalerweise einen Computer benötigt, um sich die Fotos auch ansehen zu können?"

Schwester Theodora brach in ein herzerfrischendes Lachen aus.

„Sie denken doch etwa nicht, dass für eine Nonne das Leben hinter den Klostermauern aufhört? Die moderne

Technik hat auch vor der Klosterpforte nicht Halt gemacht. Eines meiner Hobbys ist das Fotografieren. Die Bilder verbinde ich in einer Powerpoint-Präsentation mit selbst geschriebenen Texten."

Da blieb selbst dem Taxifahrer die sprichwörtliche Spucke weg. Sie und er wären ein ideales Gespann, ein gemeinsames Buch über Berlin zu erstellen. Er sah den Titel schon vor sich: ‚Die Nonne und der Taxifahrer'. Schwester Theodora riss ihn unsanft aus seinen Gedanken.

„Sie sind der lebendige Reiseführer! Ich könnte Ihnen noch stundenlang zuhören.... Aber hier müssen wir unbedingt noch einmal halten." Ehe er sich versah, war sie bereits ausgestiegen. Er suchte einen richtigen Parkplatz, nahm Schwester Theodoras Reisetasche vom Rücksitz, packte sie in den Kofferraum, schloss das Auto ab und ging ihr entgegen.

„Ich strapaziere Ihre Geduld sicher über alle Maßen?" Sie schaute ihn fragend an.

„Ne, det nicht. Aber erstens muss ick ma für kleene Taxifahrer und zweetens lade ich Sie jetzt uffn Kaffee ein, damit se mal an einem Moment verweilen können und det Janze och jenießen können. Einverstanden?"

„Nur, wenn ich Sie einladen darf, wenn Sie mir schon so viel von Ihrer kostbaren Zeit opfern."

„Ooch jut". Mit einem breiten Grinsen führte er sie zum Cafe Einstein.

Sie unterhielten sich so angeregt, dass sie nicht merkten, wie die Zeit verflog. Lutze offenbarte ihr, dass es kaum ein Buch über Berlin gab, das er nicht gelesen hatte. Sein Traum war es, ein eigenes Buch über Berlin zu schreiben, fernab der berühmten Sehenswürdigkeiten, einfach nur über Berlin und seine Menschen, ihre einzigartige Mentalität und über die verborgenen Ecken der Stadt, die kaum ein Tourist zu sehen bekommt.

„Das ist eine wunderbare Idee, machen Sie das", bestärkte Schwester Theodora ihn.

„Im Jejensatz zu Ihnen hab ich keenen blassen Schimmer vom Fotografieren und von der Bedienung eines Computers", setze er hilflos an.

„Da machen Sie sich mal keine Sorgen, das kriegen wir schon hin. Und nun fahren wir weiter, wenn es Ihnen recht ist". Sie warf der Kellnerin einen freundlichen Blick zu und gab ihr zu verstehen, dass sie gerne zahlen würde.

Das Brandenburger Tor mit seiner nahezu zweihundertjährigen Geschichte und der aufgesetzten Quadriga, die ebenfalls ein bewegtes Leben hinter sich hatte, lag in erreichbarer Entfernung.

„Wenn man Sie noch nicht im Kloster vermisst, schlage ich vor, laufen wir bis zum Brandenburger Tor und sie können Ihre Fotos schießen." Unterwegs machte er sie mit den Berliner Spitznamen einiger Sehenswürdigkeiten bekannt: von ‚Erichs Lampenladen', von dem inzwischen nichts mehr zu sehen ist und der sich als ‚historischer Schrott' einen Namen verdient hat, über den ‚Langen Lulatsch' bis hin zur ‚Schwangeren Auster' und der ‚Goldelse'. Die Bronzeskulptur der Viktoria mit ihrem Lorbeerkranz auf der Siegessäule leuchtete von Weitem im warmen Sonnenlicht.

Schwester Theodora war über alle Maßen begeistert und legte einen Schritt an den Tag, den Lutze kaum mithalten konnte. Sie fotografierte ununterbrochen das berühmteste Wahrzeichen Berlins, den Pariser Platz, von allen Seiten und das Hotel Adlon mit seinen internationalen Gästen im Foyer.

Zufrieden schlenderten sie eine Stunde später zur Taxe zurück, um den letzten Rest des Weges zum Franziskus-Krankenhaus zurückzulegen. Als sie an der roten Ampel Unter den Linden - Ecke Wilhelmstraße anhielten, wurde die Beifahrertür aufgerissen und der Taxifahrer in seinen Ausführungen zu Madame Tussauds Wachsfigurenkabinett jäh unterbrochen.

Lutze schaute entsetzt auf die geöffnete Tür und wollte gerade etwas sagen, als ein engelähnliches Gesicht im Türrahmen erschien und aufgeregt fragte:

„Bitte entschuldigen Sie, fahren Sie in Richtung Bahnhof Zoo? Könnten Sie mich mitnehmen? Bitte, es ist ein Notfall."

„Um Himmels willen, steigen Sie ein", antwortete Schwester Theodora spontan, „Was ist denn passiert?"

Der Taxifahrer schaute verwundert von Schwester Theodora zu einer jungen Frau, die schnell neben ihm Platz nahm und die Tür schloss. Die Ampel stand auf grün und er musste weiterfahren.

Er hatte noch nie erlebt, dass ein Fahrgast ungefragt an einer Ampel dazu stieg. Das grenzte fast an Hausfriedensbruch! Aber scheinbar hatte er sowieso nichts zu melden, denn Schwester Theodora nahm das Zepter ganz in die Hand, während er sich nur am Lenkrad festhalten durfte. Sie reichte der völlig aufgelösten Frau eine kleine Flasche Selters nach vorne.

„Kindchen, trinken Sie erst mal einen Schluck und dann erzählen Sie uns in aller Ruhe, was passiert ist."

Dankbar nahm die junge Frau die Flasche und nahm einen kräftigen Schluck.

Sie war höchstens Anfang zwanzig, hatte eine makellos reine Haut und war gertenschlank. Ihre dunkelbraunen Augen blickten unruhig umher und die schwarzen Lokken, die ihr zartes Gesicht umrahmten, gaben ihr den Anschein eines scheuen Rehs.

„Bitte, entschuldigen Sie noch einmal, dass ich hier so hineingeplatzt bin, aber ich wusste mir keinen anderen Rat." Sie schaute Lutze scheu von der Seite an, als befürchte sie, an der nächsten Ecke wieder aussteigen zu müssen. Der jedoch schaute verkniffen geradeaus und verfluchte gerade, dass er sich nicht in diesem wunderschönen Gesicht vertiefen konnte, denn er musste seine Augen auf die Straße richten. Sie hatten nun das Brandenburger Tor umfahren und auf der Straße war der Teufel los. Auto an Auto, Touristen vor dem Reichstag, Menschen an den Gedenktafeln derer, die bei der Flucht über die Mauer erschossen worden waren, Touristen, die sich das Brandenburger Tor von der westlichen Seite Berlins ohne die Mauer anschauten, Menschengrüppchen mit Fotoapparaten, Reisebusse an den Seiten der Straße des 17. Juni - jeden Tag das gleiche Bild.

„Schon jut, aber sajen Se mir, wo Se eigentlich hin müssen? Ick will ja nicht umsonst spazieren fahren."

Die junge Frau war inzwischen etwas ruhiger geworden. Der Verkehr floss und wenn kein weiterer Stau dazu kam, würde sich ihr Problem lösen.

„Ich muss zur Universität der Künste, so schnell wie möglich. In zwanzig Minuten beginnt meine Musikprüfung. Ein Bus kam gar nicht und der nächste hatte bereits Verspätung. Da bin ich unruhig geworden. Als ich Sie an der Ampel gesehen habe, kamen Sie mir vor wie ein rettender Engel. Wenn ich die Prüfung verpasse, habe ich ein ganzes Semester verloren."

„Dann halten Se sich man jut fest, meine Damen, ick jeb jetzt etwas Stoff."

Während er sein Taxi geschickt über den stark befahrenen 17. Juni steuerte, unterhielten sich Schwester Theodora und die junge Frau angeregt über Beethovens fünftes Klavierkonzert, Adagio un poco mosso, Rondo und Allegro. Er verstand im buchstäblichen Sinn nur Bahnhof. Seine Beifahrerin gestikulierte mit beiden Händen und bewegte ihre Finger, als säße sie bereits am Klavier.

„Wir sind ja fast da", entfuhr es der jungen Frau. Sie kramte umständlich in ihrer Handtasche, zog zwei Geldscheine heraus und legte sie auf das Armaturenbrett. Freundlich wandte sie sich um und verabschiedete sich von Schwester Theodora, die ihr überschwänglich Gottes reichsten Segen und eine gute Prüfung wünschte. Bevor sie ausstieg, drückte sie Lutze einen warmen Kuss auf die Wange, bedankte sich noch einmal und versicherte ihm, dass er der netteste Taxifahrer Berlins sei. Bevor sie die Beifahrertür zuschlug, erschien ihr brauner Lockenkopf noch einmal in der Tür.

„Am Samstag gebe ich ein Klavierkonzert im Rathaus Schöneberg, neunzehn Uhr, Willi-Brandt-Saal. Ich lade Sie beide dazu herzlich ein und könnte mich für meinen Überfall wenigstens revanchieren. Und nun halten Sie mir bitte die Daumen." Ohne eine Antwort abzuwarten, ließ sie die Autotür zufallen.

„Ein ausgesprochen nettes Wesen", bemerkte Schwester Theodora und winkte der nervösen Studentin ermutigend hinterher.

Lutze, der froh war, dass er mit Schwester Theodora wieder allein war, versuchte den Faden ihres unterbrochenen Gespräches wieder aufzunehmen. Schwester Theodora jedoch war mit ihren Augen wie gefesselt auf der Hardenbergstraße und hatte ihre Digitalkamera schon wieder in der Hand.

„Wissen Sie, wohin ich unbedingt noch möchte?" Ihr Blick war geradeaus gerichtet.

„Ick kann's mir denken", erwiderte er mit Blick auf die Kaiser-Wilhelm-Gedächtniskirche, fuhr auf den Bahnhofsvorplatz und parkte sein Taxi ein.

„Da jeh'n wa lieber per pedes hin, sonst sehen Sie ja nicht jenug. Von dort ist es nicht weit zu Ihrem neuen Zuhause. Aber ick zeich Ihnen vorher noch wat anderet."

Schwester Theodora folgte ihm durch die Bahnhofshalle, in der es von Reisenden nur so wimmelte. Pärchen lagen sich in den Armen, die einen verabschiedeten sich, die nächsten begrüßten sich und waren froh, wieder zusammen zu sein. Familien mit Koffern und Kindern studierten die Anzeigetafeln. In den Geschäften, in denen es Zeitungen, Reiseproviant oder Süßwaren zu kaufen gab, herrschte hektischer Betrieb. Eine Streife der Schutzpolizei durchquerte die Halle und achtete darauf, dass sich kein Obdachloser in der Bahnhofshalle herumtrieb und Reisende belästigte.

Am Ausgang zur Jebensstraße saßen oder standen sie herum: Obdachlose, Alkoholiker und Stricher auf der Suche nach Freiern und all die, die keinen festen Boden mehr unter den Füßen hatten. Diese Menschen der Gesellschaft gehörten seit Jahrzehnten auch zum Berliner Stadtbild und zum Bahnhof Zoo.

„Dort drüben ist die Bahnhofsmission, die sich auch derer annimmt, die oft nicht wissen, wo sie die Nacht verbringen sollen", erklärte Lutze.

„Ich weiß über die großartige Arbeit der Bahnhofsmission Bescheid. Oftmals kommen diese Menschen auch zu meinen Mitschwestern ins Krankenhaus, in der Hoffnung auf menschliche und medizinische Hilfe. Lassen Sie uns kurz hineingehen, ich werde mich bei dieser Gelegenheit vorstellen."

Die zwei diensthabenden Damen der Bahnhofsmission betrachteten die beiden Ankömmlinge erst skeptisch, luden sie dann aber freundlich in das Dienstzimmer zu einer Tasse Kaffee ein.

Schwester Theodora stellte sich vor und bot bei Problemen sogleich ihre Hilfe an. Schließlich seien sie ja beinahe Nachbarn und dem Dienst am Menschen in ähnlicher Weise verpflichtet.

Die Kaiser-Wilhelm-Gedächtniskirche hatte es Schwester Theodora angetan. Sie schoss zahlreiche Fotos von innen und außen, fing das rege Treiben am Breitscheidplatz rund um den Weltkugelbrunnen ein und plapperte wie ein Wasserfall.

Lutze amüsierte sich innerlich. Seine Vorstellungen über Ordensschwestern hatten sich grundlegend gewandelt. In Schwester Theodora erlebte er das lebendige Beispiel einer Nonne, die selbst im Kloster mit beiden Beinen im realen Leben stand. Sie war ein Mensch, mit dem man die sprichwörtlichen Pferde stehlen konnte, die mit offenen Augen und Ohren durchs Leben ging. Es tat ihm ein wenig leid, dass sich ihre Wege bald trennen würden. Er hatte das Gefühl, sie in der neuen Welt, in der sie nun leben würde, beschützen zu müssen. Als hätte sie seine Gedanken erraten, schaute sie ihn auf dem Rückweg zur Taxe an und sagte lächelnd:

„Ohne Sie wäre mir der Start in dieser neuen, lebendigen Stadt schwer gefallen. Sie haben mich so herzlich aufgenommen und mir in den letzten Stunden eine ganz neue Welt eröffnet. Ich habe das Gefühl, schon wirklich angekommen zu sein und das habe ich nur Ihnen zu verdanken."

Lutze fühlte, wie er vor Freude leicht errötete.

„Sie haben mich aber auch um einije Erfahrungen bereichert. Mit Menschen Ihrer Art hatte ick noch nie zu tun. Und dafür danke ick Ihnen."

„Haben Sie eine Visitenkarte für mich? Ich rufe Sie an, wenn ich die Bilder fertig habe. Dann besuchen Sie mich und wir überlegen gemeinsam, wie wir aus Ihren Kenntnissen und meinen bescheidenen Fotos ein gemeinsames Projekt erstellen können. Was halten Sie davon?"

„Dat wäre janz große Klasse!" Er reichte ihr seine Visitenkarte in den Fond.

Sie hatten das Franziskus-Krankenhaus erreicht. Lutze reichte ihr die Reisetasche aus dem Kofferraum und eine Weile diskutierten sie heftig herum. Er wollte von Schwester Theodora kein Geld annehmen, sie bestand darauf. Sie einigten sich auf eine komplette Tankfüllung.

Sie reichte ihm die Hand.

„Auf Wiedersehen, bis Samstag. Ich rufe Sie an, ob ich Zeit habe."

„Wieso bis Samstag?", fragte Lutz verdattert.

„Wir sind ins Konzert eingeladen, schon vergessen? Sie wollen die junge Studentin doch nicht enttäuschen, nachdem sie uns so herzlich gebeten hat zu kommen."

„Natürlich nicht. Wenn et sich einrichten lässt, begleite ick Sie jerne", antwortete er schnell.

Er machte sich absolut nichts aus klassischer Musik, aber die Aussicht, die junge Frau wiederzusehen, übte einen besonderen Reiz auf ihn aus. Und er könnte Schwester Theodora wieder ein Stück von Berlin näher bringen.

Sie verabschiedeten sich voneinander. Es war ein ganz besonderer Tag – für beide.

A born loser

So charakterisierte er sich selbst, wenn er gefragt wurde was für ein Mensch er sei.

Dabei schwang ein aggressiver Unterton in seiner tiefen Stimme mit. Er vermied jeglichen Blickkontakt mit seinem Gegenüber. Seine Arme hielt er fest vor der Brust verschränkt. Die graublauen Augen in dem hübschen Gesicht des Sechzehnjährigen blickten in eine andere Richtung, als sei es ihm peinlich, sich zu offenbaren. Seine Körpersprache war deutlich.

Jeder, der mit ihm zu tun bekam, wusste sehr schnell, welch harte Nuss er zu knacken hatte.

Vieles war in seinem bisherigen kurzen Leben schief gelaufen.

Er hatte keine Kraft, den Teufelskreis zu durchbrechen. Wenn er einen Versuch unternahm, merkte er sehr schnell seine Grenzen und verfiel in die altbekannten Verhaltensmuster.

Er hatte seine Vergangenheit noch nicht verarbeitet, hatte sie auch in der Gegenwart stets vor Augen und sah voller Angst in die Zukunft.

Er öffnete eine Flasche Bier, steckte sich eine Zigarette an und sah den blauen Rauchkringeln hinterher. Wie immer, wenn er ungestört nachdenken wollte, zog er sich in den Keller zurück und legte sich auf das zerschlissene Sofa, für das in der kleinen Wohnung kein Platz war. Oft lag er stundenlang im Dunkeln. Hier konnte er nachdenken, ohne dass jemand seinen Gedankenfluss störte. Und hier konnte er weinen, wenn ihm danach war.

Oft schloss er die Augen und versuchte sich an Momente seiner frühen Kindheit zu erinnern, als sein Leben noch in Ordnung war. Er fand nur noch Bruchstücke. Viele Erinnerungen waren weg oder von schlimmen Erlebnissen überlagert worden.

Er sah sich im Garten ihres Hauses, als er versuchte, bei seinen ersten Laufversuchen den Vögeln hinterherzulaufen. Seine Schritte waren tapsig und unsicher und diese Versuche beendete er meist mit einem Fall auf den Po. Seine Mutter hatte ihm oft davon erzählt und ihm Fotos gezeigt. Nach außen wirkten sie wie eine Bilderbuchfamilie. Niemand ahnte, dass sein Vater ein Spieler war und die Familie in den finanziellen Ruin trieb.

Eines Tages holte sein Vater ihn aus dem Kindergarten ab. Er konnte sich dunkel an die lautstarken Streitereien seiner Eltern an diesem Nachmittag erinnern. Und das Bild, als sein Vater seine Mutter verprügelt hatte, saß fest in seinem Gedächtnis. Abends verschwand sein Vater mit zwei Koffern. Ihm fiel ein, dass seine Mutter tagelang geweint hatte und nicht aufgestanden war. Er konnte nicht in den Kindergarten gehen, aß von dem, was er im Kühlschrank fand und als er es nicht mehr aushielt, klingelte er bei der Nachbarin und sagte nur „Ich habe Hunger".

Wenige Tage später kamen die Frauen vom Jugendamt und unterhielten sich lange mit seiner Mutter. Er wusste nicht, wo sein Vater war. Wenn er seine Mutter fragte, schrie sie ihn an oder begann zu weinen. Die Frauen vom Jugendamt kamen regelmäßig und an solchen Tagen war seine Mutter wie verwandelt. Sie richtete sich sorgfältig her, war guter Laune und spielte geschickt eine liebevolle Mutter und eine heile Welt vor. Inzwischen war sie selbst zu einem emotionalen Krüppel geworden.

Das Haus musste verkauft werden und er zog mit seiner Mutter nach Berlin, in eine grässliche Mietskaserne mit einem dunklen, engen Hinterhof im tiefsten Kreuzberg. Kein Sonnenstrahl fiel durchs Fenster. Er vermisste den Kindergarten, seine Freunde und das schöne Einfamilienhaus mit dem großen Garten.

Als er in die Grundschule kam, wurde er ein Hort- und Schlüsselkind. Seine Mutter suchte sich eine Arbeitsstelle als Verkäuferin und kam erst spät heim. Er fühle sich vollkommen im Stich gelassen.

Obwohl seine Mutter ihm immer wieder erklärte, dass sie arbeiten und den Lebensunterhalt für ihn und sich verdienen müsse, fiel ihm das Alleinsein sehr schwer.

Eines Abends brachte seine Mutter einen fremden Mann mit nach Hause. Fabian zog sich in sein Zimmer zurück und weinte. Er wollte seinen Vater wiederhaben, obwohl der sich einen Dreck um ihn scherte. Er ahnte, dass seine Mutter nun noch weniger Zeit für ihn haben würde und eine tiefe Eifersucht begann in ihm zu nagen. Der ‚neue Pappi' blieb, lungerte den ganzen Tag zu Hause rum und wurde ungemütlich, wenn nicht genug Bier im Haus war.

Fabian war ihm lästig und es passierte nicht selten, dass er Fabian verprügelte, wenn er nicht so funktionierte, wie er sollte.

Er wurde immer stiller, zog sich in sich selbst zurück und hatte wenig Kontakt zu seinen Mitschülern. Dass er sich regelmäßig in die Arme ritzte, bemerkte niemand.

Eines Mittags behielt ihn seine Klassenlehrerin zu einem Gespräch im Klassenraum.

„Fabian, wenn du Sorgen hast, kannst du gern mit mir darüber reden. Ich würde dir gerne helfen." Fabian starrte aus dem Fenster und sagte nichts. So sehr die Klassenlehrerin sich auch bemühte, sie erreichte ihn nicht.

Als auch weitere Bemühungen scheiterten, beschloss sie, die Mutter zu einem Elterngespräch einzuladen. Die Mutter sagte kurzfristig ab, sie habe keine Zeit.

Fabian reagierte seinen Klassenkameraden gegenüber zunehmend aggressiv und eines Tages zettelte er auf dem Schulhof eine Prügelei mit einem Mitschüler an. Beide fingen sich ein blaues Auge ein, Gespräche mit den Schülern und den Eltern brachten wenig Erfolg. Niemand konnte sich vorstellen, dass das eigene Kind in der Schule so anders als zu Hause sein sollte. Eine kurzfristige Einigung, eine gegenseitige Entschuldigung der beiden Jungen und das war es. Sie gingen sich möglichst aus dem Weg und bald war der Vorfall vergessen.

Mit mittelmäßigen Leistungen schaffte Fabian nach der sechsten Klasse den Übergang in eine Gesamtschule. Mehr als einen Hauptschulabschluss konnte er nicht erwarten.

Im Laufe der Jahre hatte er eine Gruppe Jugendlicher um sich herum, mit der er am Nachmittag abhängen konnte. Fast alle waren in ähnlichen Situationen wie er, das verband sie.

Im Alter von vierzehn Jahren fing er an zu rauchen und von dem Geld, das er seiner Mutter regelmäßig aus der Geldbörse stahl, kaufte er die eine oder andere Schnapsflasche.

Seine Mutter schien nichts davon zu bemerken. Nachdem sie den ‚neuen Pappi' endlich vor die Tür gesetzt hatte, machte sie häufig neue Männerbekanntschaften und wechselte ebenso häufig ihre Arbeitsstelle. Manchmal ging sie auch zum Arzt und ließ sich krankschreiben. Dann lag sie tagelang im Bett und überließ Fabian sich selbst.

Als er mit seinen Freunden eines Nachmittags im Park saß, fragte Freddy ihn, ob er wisse, womit seine Mutter ihr Geld verdiene.

„Morgens geht sie putzen, über Mittag ist sie zu Hause und nachmittags geht sie wieder putzen."

„Alter, was träumst du nachts?"

„Was meinst du damit?"

„Deine Mutter geht nicht putzen, ich habe sie gesehen."

Fabian starrte ihn aus großen Augen an, sprang auf Freddy zu und riss ihn an seinem Sweatshirt hoch.

„Spuck es aus oder du hast gleich ein gebrochenes Nasenbein."

„Weißt du nicht, dass deine Mutter bei jedem die Beine breit macht?"

Blind vor Wut schlug Fabian zu. Hätten seine Freunde

nicht massiv eingegriffen, hätte er ihn womöglich totgeschlagen.

Freddy lag am Boden, die Knie angezogen wie ein Embryo. Er blutete aus Mund und Nase und das rechte Auge schwoll an.

„Verpiss dich", warf ihm Kalle zu.

Freddy musste im Krankenhaus behandelt werden. Sein Nasenbein war gebrochen, eine Platzwunde am Kopf wurde genäht.

Fabian ging nicht nach Hause. Abends schlich er um die vermeintliche Arbeitsstelle seiner Mutter herum, in der sie angeblich putzte. Und dann wurde er brutal mit der Realität konfrontiert.

Seine Mutter trat, schick angezogen, so wie er sie noch nie gesehen hatte, aus einer kleinen Bar, strahlte ihren deutlich älteren Begleiter mit verführerischem Blick an und stieg mit ihm in sein teures Auto. Blind vor Tränen starrte Fabian dem BMW hinterher.

Als seine Mutter spät abends nach Hause kam, stürzte Fabian sich wutentbrannt auf sie.

„Hast du das nötig? Musst du dich von jedem x-Beliebigen vögeln lassen?"

Erschrocken blickte sie ihren Sohn an, der trotz seiner knapp fünfzehn Jahre fast einen Kopf größer war als sie. Sie versuchte sich zu rechtfertigen, aber Fabian verstand nichts. Er liebte seine Mutter, er bettelte um ihre Zuneigung und Anerkennung. Aber er bekam kaum etwas zurück.

Am nächsten Tag ging er nicht in die Schule. Ziellos schlenderte er durch die Gegend. Das Fälschen der Unterschrift seiner Mutter gelang ihm mühelos und eine Weile ging es sogar gut.

Sie gingen sich aus dem Weg oder sie schrieen sich an.

Eines Abends verlor Fabian völlig die Kontrolle über sich und schlug seine Mutter mitten ins Gesicht.

Sie ließ ihn in eine Kinder-und Jugendpsychatrie einweisen, in der er therapiert werden sollte. Alles, was er bisher noch nicht kannte, lernte er dort. Unterricht bei von innen verschlossenen Klassentüren, Dealen mit Drogen aller Art, Jugendliche, die von einem Heim ins nächste geschoben worden waren, das alles lernte er dort kennen.

Und damit er sich unauffällig verhielt, wurde er mit Medikamenten zugedröhnt.

Irgendwann gab er seine Ablehnung gegen jede Therapie auf. Seine Mutter nahm einmal in der Woche an einer Therapiesitzung teil und nach einem halben Jahr kehrte er zu seiner Mutter zurück. Sie näherten sich an und versuchten, mit ihren schmerzvollen Erinnerungen klarzukommen und miteinander auszukommen.

Sie zogen nach Charlottenburg in eine helle, freundliche, aber winzige Wohnung.

Der Schulwechsel war eine Chance für Fabian und er arbeitet verbissen für einen Realschulabschluss. Seine Lükken während der Zeit seines Schwänzens und seine demotivierte Haltung in der Klinik hingen ihm wie ein Klotz am Bein. Er schaffte den Übergang in die zehnte Klasse nicht.

In seiner neuen Klasse lernte er Linda kennen. Obwohl er bis über beide Ohren verliebt war und schon wegen Linda regelmäßig zur Schule ging, ließ er den Coolen, Unnahbaren raushängen. Er hatte Linda unterschätzt, sie ließ nicht locker. Ihre weibliche Intuition hatte ihr schnell verraten, dass hinter diesem nach außen gekehrten Macho ein Sensibelchen steckte.

Er klammerte sich an Linda wie an einen Strohhalm.

Dann kam die Diagnose, die alles wieder zunichte machte. Seine Mutter war an Krebs erkrankt. Die Chemotherapie nach einer schweren Lungenoperation brachte nicht den gewünschten Erfolg. Schon bald wurden Metastasen in den Knochen gefunden, das war ein sicheres Todesurteil.

Fabian verließ die Schule, holte seine Mutter nach Hause und pflegte sie aufopferungsvoll zusammen mit einer Krankenschwester, die täglich kam.

Seine Mutter konnte das Bett nicht mehr verlassen. Der Krebs hatte sich bereits in die Knochen gefressen, so dass ein Sturz das Ende bedeuten konnte.

Sie hatten nur noch wenig Zeit, dessen waren sie sich bewusst.

Was er danach machen würde, wenn sie gestorben war, wusste er nicht.

Sein Trost in diesen schweren Tagen war Linda, die ihn unterstützte, soweit es in ihren Kräften stand.

In letzter Sekunde

Heute war der Tag, an dem sich ihr Leben ändern würde. Nur, in welche Richtung?

Gedankenverloren saß sie auf der Terrasse, drehte die zarte gelbe Blüte zwischen ihren feuchten Fingern und begann, wie automatisch, die leuchtenden Blätter abzuzupfen, so wie sie es als Kind mit kleinen weißen Gänseblümchen gemacht hatte.

‚er liebt mich – er liebt mich nicht'

‚er kommt – er kommt nicht'

‚ich mache Schluss – ich mache nicht Schluss'

Vor ihrem inneren Auge liefen die letzten zwei Jahre wie im Film ab. Der blendend aussehende Mann, der plötzlich und unerwartet in ihr Leben gestolpert war und sie nicht mehr aus seinem Bann ließ.

Sie liebten und sie hassten sich, suchten verzweifelt die Nähe des anderen und flüchteten in die Distanz. Zwei lange Jahre, in denen sie die zweite Geige in seinem Orchester gespielt hatte, geduldig und ohne Forderungen, zufrieden mit dem, was sie von ihm bekam.

Wie oft hatte er ihr beteuert, mit seiner Frau zu reden, sobald der richtige Zeitpunkt gekommen war. Irgendwann hatte sie den Spieß herumgedreht und ihm ein Ultimatum gesetzt. Heute Abend lief es ab.

Er hatte es ihr versprochen, an diesem Abend zu ihr zu kommen. In den letzten Tagen hatte sie mit viel Liebe ihre schmucke Wohnung so umgestaltet, dass sie Platz für zwei bot. Alles war bereit, er brauchte nur noch mit seinen Sachen vor ihrer Tür stehen und bei ihr einzuziehen.

Wie sehr hatte sie sich nach diesem Augenblick gesehnt, ihn ganz für sich zu haben.

Dunkle Schatten mischten sich plötzlich in die leuchtenden Bilder der Vergangenheit.

Wie oft hatte sie auf ihn gewartet, wenn er kommen wollte und ohne ein Lebenszeichen wegblieb. Sie konnte die Entschuldigungen am nächsten Tag bald nicht mehr hören – er kam nicht weg, das Kind war krank, sie hatten einen Termin, den er vergessen hatte.

Die starrte auf das letzte Blütenblatt. Ihr Wortreigen stockte – er liebt mich nicht – er kommt nicht – ich mache Schluss.

Das war die nackte Wahrheit. Selbst, wenn er käme, welche Garantie hatte sie, dass er nicht zu seiner Frau zurückkehrte? Ihre Waffen waren nicht zu unterschätzen. Eine lange Ehe, ein schönes Haus, ein gemeinsames Kind und ein gesellschaftliches Ansehen, in dessen Schatten er sich sonnen konnte.

Zum Teufel mit diesem verheirateten, unentschlossenen, unzuverlässigen Beziehungsangsthasen, der sich das nimmt, was er will, so wie es ihm bequem ist.

Soll er sich seine kalten Beziehungsfüße weiterhin bei seiner Ehefrau wärmen lassen oder Frostbeulen bekommen.

Mit tränennassen Augen warf sie die blattlose Blüte in den Müll und begann, ihre Wohnung umzuräumen. Es sollte ihre Puppenstube bleiben, nur für sie.

Für immer eins

„Wenn ich groß bin, heirate ich dich."

„Du kannst mich gar nicht heiraten, du bist mein Bruder."

„Aber wir gehören doch zusammen, da kann man doch auch heiraten."

„Kann man nicht, nicht wenn man in einer Familie ist."

„Mama und Papa sind auch in einer Familie und sind verheiratet."

„Ja…", sie zögerte, „das geht trotzdem nicht. So richtig weiß ich auch nicht wieso."

Sie verbrachten eine glückliche und sorgenfreie Kindheit mit all der Nestwärme, die Eltern ihren Kindern geben konnten.

Nach dem Abitur studierten sie in verschiedenen Städten, nicht ohne mehrmals in der Woche zu telefonieren. Am Wochenende und in den Semesterferien suchten sie ihr Elternhaus auf und verbrachten unvergessliche Stunden miteinander.

Der kindliche Wunsch zu heiraten, hatte sich wie der Frühnebel längst verzogen.

Sie waren flügge geworden, und obwohl sie nach wie vor in geschwisterlicher Liebe eng verbunden waren, gingen sie ihre eigenen Wege.

Doch beäugten sie einander genau, wem der andere sein Herz schenkte, ob er die richtige Wahl getroffen hatte.

Nach ihrer Sturm- und Drangzeit landeten beide im Hafen der Ehe.

Sie war eine engagierte Lehrerin, die ihren Beruf mit Herzblut ausübte.

Er hatte die Schauspielschule erfolgreich absolviert und sich als Charakterdarsteller bereits einen nicht unbedeutenden Namen gemacht.

Und plötzlich, von einem Tag auf den anderen, wurde die Beziehung zwischen ihnen wie bei einem Erdbeben bis in die Grundfesten erschüttert. Sie stritten sich, redeten aneinander vorbei, verletzten sich gegenseitig in Wortgefechten, dabei alle Regeln ihrer sonst beachteten Gesprächskultur vergessend. Der Anlass war so unbedeutend, dass es fast schon lächerlich war.

Es folgte eine fast unerträgliche Stille. Sie litten beide, aber keiner war bereit zum ersten Schritt.

Er war nach seiner Scheidung nach Kalifornien gezogen und arbeitete wie ein Besessener. Arbeit half ihm zu verdrängen.

Sie sah jeden Film mit ihm, sammelte alle Zeitungsausschnitte, die ihr in die Finger kamen.

Jahre vergingen.

Er war berühmt, er wurde gefeiert.

Aber das Leben als berühmter Filmstar hatte Spuren hinterlassen. Alkohol, Kokain, ein exzessives Partyleben hatten ihn deutlich altern lassen und sein Stern am Filmhimmel begann bereits zu verblassen.

Sie waren trotz ihres gegenseitigen Schweigens tief miteinander verbunden, dachten aneinander, ohne sich dessen bewusst zu sein. Aber eine Brücke zu bauen und sich auszusprechen, dazu waren beide innerlich noch nicht bereit.

Die Diagnose traf sie bis ins Mark – unheilbar! Eine Operation war ein letzter verzweifelter Versuch, ihr Leben zu verlängern. Unheilbar, dieses Wort manifestierte sich in ihrem Kopf und ihrem Dasein.

Als sie den Kampf gegen die heimtückische Krankheit resigniert aufgab, regelte sie mit letzter Kraft den Rest ihres noch zu erwartenden kurzen Lebens und ging zum Sterben in ein Hospiz.

Ihre Familie hatte diese Entscheidung schweren Herzens akzeptiert und besuchte sie, so oft es ging. Sie informierten ihn heimlich.

Als er kam, sahen sie sich nur stumm an, fielen sich in die Arme und weinten.

Die jahrelange Sprachlosigkeit zwischen ihnen war wie von Wolken davongetragen. Beieinander zu sein in diesen letzten Stunden, nur das war wichtig.

Bedeutungslos das, was sie entzweit hatte.

In letzter Minute hatten sie eine zarte Brücke zwischen sich gebaut, die den Tod überdauern würde.

Sie machte den letzten Atemzug in seinen Armen, friedlich ihr Gesicht.

Aneinandergeschmiegt wie vor ihrer Geburt, zeitlebens eng verbunden, konnte auch der Tod die Zwillinge nicht trennen.

Der Feriengast

Zufrieden blickte Anna sich in dem gemütlich eingerichteten Zimmer um. Das Bett war frisch bezogen, die zartgelben luftigen Gardinen wehten im lauen Frühlingswind. Ein Strauß Tulpen und Narzissen aus dem Garten verströmte seinen lieblichen Duft im gesamten Zimmer. Alles war für die Ankunft des neuen Gastes vorbereitet.

Nachdem Günter sie nach zehn Jahren wegen einer Jüngeren verlassen hatte, brauchte sie lange, um aus diesem Loch wieder herauszukommen. Aber da es kein Mann wert ist, ewig um ihn zu trauen, nahm sie ihr Leben von Tag zu Tag energischer selbst in die Hand. Er hatte sich eine Lebensversicherung auszahlen lassen, davon eine Segeljacht gekauft und wollte mit seiner neuen Flamme im zweiten Frühling die Welt umsegeln.

Anna hatte mit ihm in ihrem Elternhaus gelebt, im ‚Land der Tausend Seen'. Nachdem sie das obere Stockwerk zu einer Ferienwohnung hatte ausbauen lassen, denn die untere Etage reichte für sie völlig aus, lud sie auf einer eigenen Homepage Gäste zu einem Urlaub in der Mecklenburgischen Seenplatte ein. Sie war wählerisch und führte vorab einen intensiven E-Mail-Kontakt mit ihren Anwärtern. Sie nahm nicht jeden. Als allein stehende Frau mit Mitte vierzig wollte sie schon genau wissen, mit wem sie ihr Heim für eine gewisse Zeit teilte. Finanziell hatte sie es eigentlich nicht nötig. Sie hatte nach dem Tod ihrer pflegebedürftigen Eltern viel geerbt und von ihrem ersten verstorbenen Mann Erwin bekam sie eine gute Witwenrente. Ihren Beruf als Krankenschwester hatte sie kurz vor der Geburt ihres ersten Kindes aufgegeben.

Günter war ein langjähriger Lebensabschnittsgefährte, dem sie genau die zwei Koffer, mit denen er eingezogen war, zum Auszug vor die Tür gestellt hatte.

Ihre Feriengäste waren ausschließlich Männer, die sie ganz bewusst auswählte. Es ging ihr nicht um einen neuen Partner, sondern um ein bisschen Gesellschaft. Sie genoss es, für ihren Gast zu kochen und zu backen, mit ihm kulturelle Veranstaltungen zu besuchen oder abends bei einem Glas Rotwein ein interessantes Gespräch zu führen. Bisher hatte sie Glück mit ihren Gästen, es waren ausnahmslos nette Menschen, die ihren geistigen Horizont bereicherten und gerne wiederkamen.

Oliver und Maja, ihre Kinder aus der Ehe mit Erwin, hatten ihre Mutter für verrückt erklärt und regelmäßig nach ihr geschaut, wenn sie einen Gast hatte. Aber Lotte, die wachsame Schäferhündin, ließ ihr Frauchen nur selten aus den Augen.

Anna saß auf ihrer Terrasse und las die Zeitung, als ein silberfarbener BMW vor ihrem Grundstück hielt. Das war er, der Chirurg aus Lübeck, der sich für drei Wochen bei ihr einquartieren wollte. Er bezeichnete sich selbst als Einzelgänger und hatte die Ferienwohnung mit Selbstverpflegung gebucht

Mit einem Koffer und einer Reisetasche, in dunkelblauen Jeans und weißem Polohemd, stand er kurz darauf vor dem Gartentor. Seine leicht angegrauten, welligen Haare bildeten einen angenehmen Kontrast zu seinem sonnengebräunten Gesicht und seinen warmen, braunen Augen. Lotte betrachtete den Ankömmling erst skeptisch, dann mit wedelnder Rute und Anna atmete auf. Nach Lottes indirektem ‚Okay, den kannst du reinlassen' öffnete Anna dem neuen Gast einladend das Gartentor.

„Hallo, ich bin Anna Scholz. Und Sie sind sicher Doktor Mertens", begrüßte sie ihn mit einem charmanten Lächeln und reichte ihm die Hand.

„Peter Mertens, den Doktor lassen wir weg", antwortete der Gast freundlich und drückte Annas Hand mit einem festen, warmen Händedruck.

Nachdem Peter Mertens seine Wohnung bezogen und von Anna zu einem Kaffee und einem Stück Käsekuchen überredet worden war, bekam sie ihn die nächsten drei Tage kaum zu Gesicht. Morgens ging er joggen, danach frühstückte und duschte er und meist verschwand er dann für den Rest des Tages. Abends, wenn sie bereits zu Bett gegangen war, hörte sie ihn, wie er unruhig in seinem Zimmer hin und her lief.

Sie hatte ein feines Gespür und war überzeugt, dass ihm etwas auf der Seele brannte, etwas, das ihn in dieses abgelegene Ferienhaus getrieben hatte. Er bekam keine Anrufe und keine Post, niemand besuchte ihn.

Sie wusste kaum etwas von ihm und war ein wenig enttäuscht, dass dieser gut aussehende Mann so reserviert und fast ein wenig scheu war.

Als Peter Mertens an diesem Abend nach Hause kam, hatte sie gerade das Abendessen fertig.

„Wenn Sie Lust haben, dürfen Sie mir beim Essen gern Gesellschaft leisten. Es reicht auch für zwei", begrüßte sie ihn, als er in den Hausflur trat.

Peter Mertens schaute sie überrascht an.

„Es riecht fantastisch". Der Duft nach gebratener Forelle und Speckkartoffelsalat erfüllte den gesamten Flur. Ihm lief das Wasser im Mund zusammen.

„Sehr gerne, ich bin in fünf Minuten da", antwortete er und nahm gleich zwei Treppenstufen auf einmal.

Annas Kochkünste überzeugten ihn so sehr, dass er seine Selbstverpflegung aufgab und sich von ihr zum Frühstück und zum Abendessen gern verwöhnen ließ.

„Haben Sie sich schon ein wenig erholt? In Ihrem Beruf haben Sie das sicher dringend nötig", bemerkte sie eines Abends, als sie nach dem Essen gemeinsam einen Rotwein auf der Terrasse tranken. Sein Gesicht verfinsterte sich im Schein der Lampe, die die Terrasse in ein gemütliches Licht tauchte.

„Nein, leider nicht. Ich komme nicht zur Ruhe, so sehr ich mich auch darum bemühe."

„Wenn Sie jemandem zum Reden brauchen, ich bin eine gute Zuhörerin."

Peter Mertens goss beide Gläser noch einmal voll und dann brach es aus ihm heraus. Anna hörte ihm zu, ohne ihn zu unterbrechen. Ein Schauer lief ihr über den Rükken, als sie die Last der Schuld erfasste, die er seit Wochen mit sich herumtrug.

Er hatte auf dem Weg zur Klinik einen kleinen Jungen angefahren, der plötzlich zwischen zwei Autos herausgeschossen war, ohne dass er ihn vorher gesehen hatte. Er bremste sofort, aber der Junge lag halb unter seinem Auto. Peter Mertens fuhr in dem bald eintreffenden Krankenwagen mit, ordnete per Handy alle notwendigen Vorbereitungen für eine Notoperation an und war nicht davon abzubringen, den Jungen selbst zu operieren. Er war ein hervorragender Chirurg, der selbst in größten Krisensituationen die Ruhe bewahren konnte.

Der Junge hatte schwere innere Verletzungen. Die Operation dauerte mehrere Stunden und schien zunächst erfolgreich. Nach der Operation stellte sich Doktor Mertens der wartenden Polizei zur Vernehmung.

Als er sich in sein Dienstzimmer zurückzog um ein wenig zu schlafen, piepte ihn die Intensivstation an. Wenig später erlag der Junge einer Hirnblutung.

Obwohl er wusste, dass er den Unfall nicht hätte verhindern können und auch alles Menschenmögliche bei der Operation getan hatte, fühlte er sich am Tod des Jungen schuldig. Er nahm unbefristeten Urlaub, solange alle notwendigen Untersuchungen und Verfahren liefen.

Über eines war er sich in den Tagen seines Urlaubes jedoch klar geworden, er wollte nicht mehr als Chirurg arbeiten. Er konnte es nicht mehr. Und er wollte alles hinter sich lassen, seine Wohnung und seine Klinik in Lübeck, und irgendwo ganz von vorne anfangen.

„Eigentlich habe ich immer gedacht, ich könnte ohne den Flair einer Großstadt nicht leben, aber seit ich hier bin, genieße ich die Natur wie nie zuvor. Vielleicht sollte ich mein neues Betätigungsfeld im ländlichen Raum suchen."

Nachdem er seine quälende Last losgeworden war, wirkte er ruhiger und gefasster.

„Danke, dass Sie mir zugehört haben". Er warf Anna einen langen, fast zärtlichen Blick zu und da es mittlerweile spät geworden war, verabschiedete sich bald darauf und ging in sein Zimmer.

Anna und Peter kamen sich im freundschaftlichen Sinn in den nächsten Tagen näher. Peter ließ sich von Annas kulinarischen Künsten verwöhnen und gemeinsam sorgten sie dafür, dass diese Köstlichkeiten keine dauerhaften Rückstande hinterließen. Anna fand Freude am morgendlichen Joggen, dass von Lottes lautem Freudengebell begleitet wurde. Peter lernte durch Anna die Schönheiten der Landschaft rund um die Mecklenburgische

Seenplatte kennen. Und abends saßen sie gemeinsam bei einer Flasche Rotwein auf der Terrasse, lasen oder unterhielten sich.

Manchmal erwischte sich Anna bei dem Gedanken, dass es ewig so weitergehen könnte. Sie mochte Peter sehr, aber eine gewisse scheue Distanz blieb zwischen ihnen bestehen, da konnte auch das vertrauliche DU nichts gegen ausrichten.

Eines Morgens hatte Anna wie rein zufällig eine Zeitung neben Peters Frühstücksteller gelegt. In einer Anzeige kündigte der Internist des Ortes an, dass er einen Nachfolger für seine Praxis suche, um in den wohlverdienten Ruhestand zu gehen. Sie beobachtete Peter verstohlen und war sicher, dass er die Anzeige gelesen hatte.

Er verabschiedete sich nach dem Frühstück in einem hellen Leinenanzug und einem dezent gestreiften Hemd, was gar nicht nach seiner bisherigen Freizeitkleidung passte. Sie hoffte, dass er angebissen habe.

Als er am späten Nachmittag zurückkam, musste Anna sich sehr auf die Zunge beißen, um ihn nicht zu fragen, ob er in der Praxis war. Peter sagte nichts, aber er war für den Rest des Tages sehr nachdenklich und hüllte sich in konsequentes Schweigen.

Peters Urlaub war in drei Tagen vorbei.

„Hast du eigentlich nach mir einen neuen Gast?"

„Ich habe mich noch nicht entschieden, aber zwei Anwärter warten auf meine Antwort."

Damit hatte Peter nicht gerechnet. Enttäuscht biss er in sein Marmeladenbrötchen.

„Kannst du mir die Wohnung freihalten? Ich werde sie wahrscheinlich noch eine ganze Weile brauchen", setzte er zögernd hinzu. "Natürlich nur, wenn du mich noch eine Weile ertragen möchtest."

„Das kommt ganz darauf an, was du vorhast", schmunzelte Anna.

„Ich werde morgen nach Lübeck zu einem wichtigen Termin in die Klinik fahren. Je nachdem, wie das Gespräch ausgeht, werde ich mich entscheiden, ob ich dort kündige und Doktor Heinrichs Praxis hier weiterführe oder nicht. Morgen Abend komme ich wieder und dann wissen wir beide mehr. Und wenn ich hier bleibe, brauche ich ja erst mal ein Dach über dem Kopf. Auf einer Behandlungsliege schläft es sich schlecht."

„Du kannst die Wohnung so lange nutzen, wie du willst."

Anna schaute ihm fest in die Augen. Peter hielt ihrem intensiven Blick stand. Ihre weibliche Intuition hatte ihr bereits verraten, wie er sich entscheiden würde.

Mit dem Rücken an der Wand

Als er den Briefkasten öffnete, fiel ihm der Umschlag entgegen. Sein Herz begann zu rasen, Schweißperlen bildeten sich auf der Haut. Er nahm die Post, schaute sich verstohlen um, als verfolge ihn jemand und ging zum Fahrstuhl.

Mit zitternden Händen goss er sich einen doppelten Whisky ein, trat auf den Balkon und suchte mit den Augen den Vorplatz des Hauses ab. Er konnte nichts Verdächtiges entdecken, niemand war ihm auf den Fersen oder starrte zu ihm hinauf.

Aus dem dreiundzwanzigsten Stockwerk erschienen ihm die Grünanlagen vor dem Haus wie Miniaturbeete, die Menschen, die von der Arbeit kamen, bewegten sich wie Ameisen auf die Häuser zu und verschwanden flink in ihren Eingängen. Der Himmel über der Stadt war mit Schäfchenwolken überzogen, keine Anzeichen von nahenden Unwettern, die für den weiteren Verlauf des Abends und der Nacht angekündigt waren.

Er hatte sich schon oft ausgemalt, wie es sein würde, wenn er sein Leben mit einem Sprung von diesem Balkon beenden würde. Die Vorstellung, wie er nach solch einem Sprung – oder das, was von ihm übrig sein würde – aussah, hatte ihn dazu bewogen, seine Beerdigung bereits zu organisieren, eine anonyme Urnenbeisetzung. So hatte er im Tod Ruhe vor denen, die sich gern an ihm rächen würden.

Der Whisky zeigte eine beruhigende Wirkung. Er goss sich das Glas wieder voll und setzte sich auf die Hollywoodschaukel, neben sich den Umschlag, einen Brieföffner und eine schwarze Schachtel, in der er alle bisherigen Schriftstücke des offenbar immer gleichen Absenders gesammelt hatte. Vorsichtig schlitzte er den Briefumschlag auf.

Alle Briefe ähnelten sich. In bunten Buchstaben aus verschiedenen Zeitschriften erschien jeweils ein markanter Satz in der Mitte eines weißen Blattes.

DU ENTKOMMST MIR NICHT! DU SCHWEIN!

Das war die heutige Botschaft an ihn. Auch darin ähnelten sich alle Briefe, die einmal pro Woche kamen, seitdem er in diesem Haus wohnte.

Anfangs hatte er befürchtet, ein Mitbewohner sei ihm auf die Schliche gekommen. Aber er kannte niemanden näher und kaum jemand nahm von ihm Notiz.

Wenn die Polizei mit ihren Nachforschungen beginnen und die Nachbarn befragen würde, käme kaum etwas Bedeutsames ans Tageslicht. Höflich, unaufdringlich, ruhig – so könnten ihn die unmittelbaren Nachbarn beschreiben. Er gehörte zu denen, der jeden Morgen zur gleichen Zeit das Haus verließ, gegen siebzehn Uhr zurückkam und elegant gekleidet gegen neunzehn Uhr in seinem blauen BMW wegfuhr. Damenbesuch hatte er selten, dafür aber abwechslungsreichen.

Er wusste, dass es so nicht ewig weitergehen konnte. Was er aber nicht wusste, wer war ihm auf die Schliche gekommen, ihm, dem unauffälligen Beamten, der tagtäglich seinen Dienst verrichtete? Der so Vertrauen erweckend sein konnte, dass man ihm seine Wohnungsschlüssel überlassen und ihn bitten würde, während des Urlaubes den Briefkasten zu leeren und die Blumen zu gießen.

Das war die eine Seite seines Charakters als untadeliger, fleißiger Beamter. Die dunkle, unergründliche war eine andere, der Verbrecher, der einen immer intensiveren Kick brauchte, um das Leben lebenswert zu finden.

Jeder neue Brief brachte sein Kartenhaus mehr ins Wanken und brachte ihm die Gewissheit, dass sein Doppelleben bald vorbei war.

Noch heute finanzierte er seine Besuche in kostspieligen Bars und Etablissements aus einem Banküberfall, den er akribisch geplant und genauso ausgeführt hatte. Die Polizei tappte im Dunklen und hatte keinerlei Anhaltspunkte gehabt. Als Gras über die Sache gewachsen war, suchte er nach anderen finanziellen Quellen.

Es erschien ihm zu gefährlich, einen weiteren Bankraub zu wagen. Er vertraute niemandem, außer sich selbst. Hin und wieder hatte er eine Glückssträhne im Casino, so dass er sich finanziell keine Sorgen machen musste.

Sein finanzielles Polster imponierte so mancher Frau. Er war eine außergewöhnlich attraktive Erscheinung und konnte sich vor Angeboten kaum retten. Kam ihm jedoch eine Frau zu nahe und plante eine gemeinsame Zukunft mit ihm, konnte er äußerst unangenehm werden.

Noch heute sah er die kalten, starren Augen der beiden Frauen vor sich, die sich wie Blutegel an ihn hängten und nicht begriffen hatten, dass er nichts mehr von ihnen wollte. Sie waren ihm zu gefährlich geworden und er entledigte sich auf schnellste Art von ihnen. Eine ruhte im kühlen Waldboden, die andere hatte er dem Moor übergeben.

Seine derzeitige Leidenschaft war das Zusammensein mit älteren wohlhabenden Witwen. Drei hatten ihm größere Summen ihres Geldes überschrieben, bevor sie auf ungeklärte Weise verschwanden oder einem plötzlichen Herztod erlagen.

Er war soweit zufrieden mit seinem Leben. Das einzige, was ihn beunruhigte, waren die Herkunftsorte der Briefe. Es gab eine Reihe von Menschen, die sich gern an ihm rächen würden, weil sie einen lieben Menschen verloren hatten oder um ihr Geld und Erbe gebracht worden waren.

Wo sollte er anfangen zu suchen? Es war die Stecknadel im Heuhaufen. Doch ahnte er, dass sich die Schlinge um seinen Hals immer enger zog. In seinem Arbeitszimmer hatte er eine Europakarte, an die er jedes Mal ein Fähnchen steckte, wenn ein neuer Brief kam und er den Poststempel las. Der erste Brief kam aus Amsterdam, die nächsten aus dem Ruhrgebiet, zwei weitere aus Mainz und Heilbronn und der heutige war in Ulm abgestempelt. In west-östlicher Richtung zog sich eine gerade Linie der abgeschickten Briefe von Holland über Deutschland und rannte wie ein gefährlicher Virus auf seine Heimatstadt Innsbruck zu.

Wer machte sich die Mühe, sich ihm Kilometer für Kilometer zu nähern, um ihn dann mit einem Schlag zu vernichten?

Er packte den heutigen Brief in seine schwarze Schachtel und befestigte ein weiteres Fähnchen an der Europakarte. Alles würde so weitergehen wie bisher, solange ihm noch Zeit blieb. Er brauchte diesen Kick. Er würde weiterhin die Nachrichten und die Presseartikel verfolgen, ob man ihm auf die Schliche gekommen war.

Und wenn der der Tag gekommen war, an dem man ihn überführen würde, würde er springen.

Jedoch bisher war er schneller und das wollte er auskosten, solange es ging.

Kirschmundgeflüster

Wie gebannt hing er an diesen verführerischen Lippen, die sich sanft, und immer wieder neue Worte formend, bewegten.

Dunkelrot und saftig tanzten die Kirschen aus Großmutters Garten vor seinem inneren Auge. Er sah sich als kleiner Junge Kirschen pflückend auf Großvaters Holzleiter, nicht genug bekommend von dieser köstlichen Frucht.

Heiße rote Kirschen auf schmelzendem Vanilleeis, gekrönt mit einem Sahnehäubchen, kamen ihm in den Sinn, das Zusammenspiel von heiß und kalt auf der Zungenoberfläche, eine betörende Komposition, eine Gaumenfreude.

Die kirschroten Lippen öffneten sich leicht, Atem und Silben entschwebten ihnen.

Eine rosa Zungenspitze benetzten sie leicht und die Feuchtigkeit schimmerte auf ihnen wie Morgentau.

Sie formten sich zu einem liebreizenden Lächeln, das ihn an süße Kirschmarmelade erinnerte.

Er konnte seine Augen nicht von ihnen reißen. Sie bewegten sich anmutig, öffneten und schlossen sich wieder, verzogen sich zu einem ermutigenden Lächeln.

Dann wiederum hielten sie in ihrer Bewegung inne, zogen sich kaum merklich nach unten, um alsbald wieder strahlend rot zu leuchten.

Er sehnte sich danach, diese Lippen zu berühren, zu fühlen und zu schmecken, sie mit seinen zu verschmelzen. Er wollte ihre Wärme und Feuchtigkeit spüren und in sich aufnehmen.

Aber den Zauber, der von ihnen ausging, wollte er noch einige Sekunden genießen.

Plötzlich schlossen sie sich und streckten sich ihm entgegen, herausfordernd und verlangend.

Er konnte nicht länger widerstehen. Und ein noch inniger Zauber legte sich auf ihn.

Feuer auf der Haut

Ein leises Knacken der Holztür signalisierte ihr, dass es mit der herrlichen Einsamkeit nun leider vorbei war. Schnell brachte sie sich wieder in eine unverfängliche Sitzposition und schaute dem Hereinkommenden kurz entgegen. Im Halbdunkel erkannte sie die wohlgeformten Konturen eines männlichen Körpers. Er setzte sich in die zweite Reihe und grinste sie an. ‚Donnerwetter', dachte sie, als sich ihre Augen nach dem Öffnen der Tür wieder an das Halbdunkel gewöhnt hatten. Dieses Prachtexemplar von Mann sah verdammt gut aus, schlank und trotzdem muskulös, braun gebrannt. Zwei blaue Augen blitzten schelmisch in seinem Gesicht, in dem die Lachfältchen um Augen und Mund einen fröhlichen Charakter vermuten ließen. Das bereits leicht ergraute Haar war zu einem Zopf gebunden. Die wenigsten Frauen würden so jemanden von der Bettkante stoßen.

„Wenn Sie beten wollen, müssen Sie sich aber gen Osten wenden." Dabei nickte er mit dem Kopf an die Holzwand, die sich hinter ihm befand.

„Mekka liegt dort", fügte er hinzu.

‚Als wenn ich mit blauen Augen und blondem Haar wie eine Muslima ausschauen würde! Dir werde ich's zeigen – von wegen plumpe Anmache!', dachte sie belustigt und musste sich ein Grinsen verkneifen.

Sie dachte fieberhaft nach. Wie lange mag er wohl an dem kleinen Fenster in der Tür gestanden und sie beobachtet haben? Von der Tür aus gesehen, hatte sie sich ihm in voller Breitseite präsentiert, was für einen Außenstehenden sicher sehr belustigend war. Wer weiß, in welche Richtung ihn seine Fantasie in diesem Moment getragen hatte?

Absichtlich hatte sie sich genau zu dieser Zeit in diese Kräutersauna begeben. Alle anderen saßen in der Aufgusssauna und warteten auf den Bademeister. Sie liebte diese Momente, allein bei entspannender Musik, und vollzog bei sechzig Grad verschiedene Dehn- und Yogaübungen, um die verspannten Rücken- und Nackenmuskeln wieder etwas in Form zu bringen. Zum Schluss ihrer Dehnübungen hockte sie sich auf die Fersen, legte die Unterarme auf die Bank, die Stirn auf beide Handrücken und rundete den Rücken so, dass sich die Wirbel so weit wie möglich auseinander zogen. In dieser wohltuenden Haltung hätte sie ewig verharren können. Natürlich wollte sie dabei keine Zuschauer haben und achtete trotz Tiefenentspannung auf jedes kleine Geräusch, das sich der Saunakabine näherte.

War es nur die Hitze, die ihr das Wasser aus den Poren trieb? Sie musste raus, sich abkühlen und unter die kalte

Dusche. Oder sie würde kollabieren und sich ihm im wahrsten Sinne zu Füßen legen.

Sie ging hinaus, ohne ihm einen Blick zuzuwerfen, duschte sich eiskalt ab, nahm ein kurzes Bad im kalten Tauchbecken und trat mit gestrafften Schultern wieder in die Saunakabine.

Er hatte eine Schneidersitzhaltung eingenommen, die unschwer erkennen ließ, dass er sehr gelenkig war. Seine Handrücken lagen auf den Knien, die Hände waren geöffnet. Er hatte die Augen geschlossen. Er atmete tief und regelmäßig in den Bauch hinein.

Sie nahm ihr Handtuch, legte es rechts neben ihn, hockte sich wieder in die Blattstellung und fragte ihn herausfordernd „Wollen wir zusammen beten?"

Er riss erschrocken die Augen auf.

„Ähm…ja, ich…", stotterte er unbeholfen herum.

Diese Reaktion hatte er nicht erwartet und überlegte fieberhaft, ob er dieses verlockende Angebot annehmen oder ablehnen sollte. Die Entscheidung fiel blitzschnell und sein Gehirn signalisierte ihm: annehmen.

Ob das aber der richtige Ort für eine intensivere Begegnung sei? Und wenn jemand hereinkäme – und damit musste man in jedem Moment rechnen – würde er möglicherweise ein Hausverbot riskieren. Das war ihm doch etwas zu heikel.

„Wissen Sie, ich bin Christ, und wenn meine Orientierung mich nicht täuscht, liegt Rom in einer ganz anderen Richtung. Begleiten Sie mich doch dorthin".

Unmissverständlich deutete er auf die Tür, nahm sein Handtuch, stand auf und wartete darauf, dass sie ihm folgen werde.

„Dann schlage ich vor, Sie gehen nach Rom und ich bleibe in Mekka, so brauchen wir beide nicht fremd zu gehen."

Er schaute sie an, als hätte er auf eine Zitrone gebissen und verließ die Sauna ohne ein weiteres Wort.

Bingo! Scheinbar hatte er die Lektion verstanden. Sie legte sich wieder auf den Rücken, schloss die Augen und entspannte sich. Sie war wieder allein und hatte ihre Ruhe.

Zerreißprobe

Ihre schallende Ohrfeige traf ihn völlig unvorbereitet. Reflexartig riss er die Hand hoch und legte sie schützend auf seine brennende Wange. Sie starrten sich an, ungläubig, entsetzt und fassungslos.

Sein Blick war vernichtend und ging ihr durch Mark und Bein. Sie wollte sich bei ihm entschuldigen, aber sie brachte kein Wort heraus.

„Warum tust du das?", fragte er kurz.

„Ich… weiß es nicht. Ich bin so wütend."

Statt einer Antwort drehte er sich abrupt um. Sie hörte, wie er ins Badezimmer ging, den Wasserhahn kurz aufdrehte und sich wusch. Kurz danach schlug die Eingangstür ins Schloss.

Er war gegangen, ohne ein Wort.

Ihre Hände zitterten. Sie goss sich einen Kognak-schwenker voll Weinbrand ein, setzte sich auf die Couch und starrte vor sich hin. Was war bloß in sie gefahren?

Das Zittern in ihren Händen ließ langsam nach und auch ihr Gehirn fing an, wieder zu arbeiten. Sie hatte eine Stinkwut auf ihn und auf sich.

Warum hatte sie nicht versucht, mit ihm zu reden?

Verloren schaute sie sich um. Sie konnte nicht einschätzen, wie es weitergehen würde. Wohin er gegangen war, konnte sie nur mutmaßen. Ihr fielen nur zwei Möglichkeiten ein, eine Kneipe, in der er sich nun volllaufen lassen würde oder er würde wieder zu ihr gehen.

Da war er wieder, dieser beißende Schmerz der Eifersucht, der seit Tagen an ihr nagte und das Fass zum Überlaufen gebracht hatte.

Sie hatten sich vor zwei Jahren kennengelernt. Es war Liebe auf den ersten Blick. Eine leidenschaftliche Liebe, die große Opfer auf beiden Seiten forderte. Als beide die Lügereien und Heimlichkeiten nicht mehr ertrugen, kam die Wahrheit ans Licht.

Bea zog aus dem gemeinsamen Haus, das sie mit ihrem Mann Marc und der gemeinsamen Tochter Vivien bewohnte, aus und zahlte dafür einen großen Preis, sie musste auf ihr Kind, das bei seinem Vater blieb, verzichten. Marc hatte das Sorgerecht bekommen und sie musste mit den wenigen Wochenenden, an denen sie ihre Tochter bei sich haben durfte, zufrieden sein.

Pit traf es doppelt hart. Sein Sohn Daniel war erst drei Jahre alt und seine Frau Monika war im sechsten Monat schwanger. Für Monika brach eine Welt zusammen.

Ihre Liebe füreinander machte sie stark, mit diesen Verlusten wegen der Kinder zu leben. Sie suchten sich eine kleine gemütliche Wohnung und mit finanziellen Abstrichen, denn dazu fühlten sie sich moralisch ihren ehemaligen Partnern und Kindern verpflichtet, führten sie ein liebevolles harmonisches Leben. Sie lasen sich ihre Wünsche gegenseitig von den Augen ab, richteten sich in schweren Stunden gegenseitig auf und hatten manchmal Angst, dass das große Glück in ihren Händen von heute auf morgen zerrinnen könnte.

„Eines Tages werden wir dafür bezahlen, dass wir unsere Kinder im Stich gelassen haben", sagte Bea oft und dachte dabei sehnsuchtsvoll an Vivien.

Alles war gut, bis vor vier Wochen.

Während Marc nichts mehr von Bea sehen und hören wollte und sich sehr schnell mit Beas bester Freundin getröstet hatte, gelang es Pit, ein entspanntes Verhältnis zu Monika aufzubauen. Die Kinder sollten nicht darunter leiden.

Marc spielte seinen Einfluss auf die sechsjährige Vivien voll aus. Es kostete Bea viel Geduld und Liebe, das Bild der egoistischen Rabenmutter, das Vivien sich von ihrem Vater hatte einreden lassen, bei jedem Zusammensein wieder geradezurücken. Bea wusste, dass es nie eine Möglichkeit geben würde, mit Marc ein halbwegs entspanntes Verhältnis aufzubauen.

Wenn Pit zu Monika und den Kindern fuhr, versuchte Bea loszulassen und ihre übertriebene Eifersucht im Zaum zu halten. Sie redete ihm sogar zu, den Kontakt zu seinen Kindern zu intensivieren. Aber die Angst, er könne zu Monika zurückkehren, saß tief in ihr fest. Und Monika – sie würde ihn mit Kusshand zurücknehmen.

Vor vier Wochen hatte Pit abends angeblich ein Geschäftsessen. Das war in seinem Beruf nichts Außergewöhnliches. Bea verabredete sich mit ihrer Freundin Denisa für einen Kinobesuch. Sie hatten einen schönen unterhaltsamen Abend und wollten danach noch etwas Essen gehen.

Rechtzeitig, bevor sie das Restaurant betraten, entdeckte Bea ihren Pit – zusammen mit Monika. Ihr Herz zog sich schmerzhaft zusammen.

„Komm, lass uns woanders hingehen." Fast gewaltsam zog sie Denisa von dem Lokal weg.

„Dafür gibt es bestimmt eine ganz logische Erklärung. Lass uns reingehen. Gehe freundlich auf ihn zu und frag ihn einfach."

„Das kann ich nicht, lass uns bitte gehen." Bea war leichenblass geworden und der Abend war gelaufen.

Beas Angst, Pit wieder an Monika zu verlieren, hatte sich wie ein giftiger Stachel in ihr festgesetzt. Sie reagierte zunehmend launisch und aggressiv. Pit verstand die Welt nicht mehr, er konnte sich aus Beas Verhalten keinen Reim mehr machen.

Jedes Mal, wenn Pit später als normal von der Arbeit kam – und das passierte in letzter Zeit sehr häufig - ging Beas Fantasie mit ihr durch. Sie malte sich in den schillernden Farben aus, dass Pit die späten Abendstunden zärtlich mit Monika verbrachte. Dass er regelmäßig über eine enorme Arbeitsbelastung klagte und am frühen Abend schon todmüde war, wenn er pünktlich kam, nahm sie nicht wahr.

Sie kippte sich erneut einen Kognak ein. Je mehr Alkohol sie trank, desto mutiger wurde sie.

Sie griff zum Telefon und wählte Monikas Nummer. Sie hatten beide ein sehr distanziertes Verhältnis zueinander und sahen sich nur mal kurz, wenn Pit seine Kinder nach Hause brachte.

Monika schien schon geschlafen zu haben. Bea hörte ein langgezogenes „Hallo" am anderen Ende der Leitung.

„Hier ist Bea. Kann ich bitte Pit sprechen?"

Monika schien mit einem Mal hellwach zu sein.

„Machst du Witze? Wieso sollte Pit denn hier sein?"

„Ist er nicht?", fragte Bea unsicher zurück.

„Er hat mein Bett vor langer Zeit mit deinem getauscht, wie du wohl weißt", konterte Monika.

Bea schwieg und fasste sich an den schmerzenden Kopf.

„Bea, ist alles in Ordnung?", Monika schien sich keinen Reim auf die Situation machen zu können und klang besorgt.

„Pit ist weg und ich dachte, er sei bei dir."

„Zugegeben, er war in letzter Zeit oft hier. Ich hätte das alles sonst nicht geschafft."

„Was geschafft?", fragte Bea zögernd.

„Wir ziehen in zwei Tagen in den Schwarzwald. Ich habe dort endlich eine feste Anstellung bekommen. Ohne Pits Hilfe hätte ich die ganzen Formalitäten, die Rennereien und die Organisation des Umzuges mit den Kindern nicht geschafft."

Bea schwieg. Ihre Gedanken überschlugen sich.

„Bea, bist du noch da? Hast du davon etwa nichts gewusst?".

„Doch, klar, das hat er mir erzählt. Entschuldige bitte,

dass ich dich geweckt habe. Ich hatte da wohl etwas falsch verstanden. Alles Gute für euch, bis bald."

Bea legte hastig den Hörer auf, schnappte sich ihren Mantel und zog los, um Pit zu suchen und sich zu entschuldigen. Und sie wusste, wo sie ihn finden würde – bei seinem besten Freund Rolf.

Steckengeblieben

Mit einem knarrenden Geräusch öffnete sich die mächtig zerkratzte und leicht zerbeulte Fahrstuhltür.

‚Na endlich', dachte sie erleichtert, umschloss ihre Handtasche ein wenig fester und stieg mit einem knappen „Morgen" ein.

Der junge Mann, der lässig an der hinteren Fahrstuhlwand lehnte, betrachtete sie interessiert. Er hatte ihr Gesicht nur kurz gesehen und was er gesehen hatte, gefiel ihm. Nun drehte sie ihm den Rücken zu. Versonnen betrachtete er ihr kastanienbraunes schulterlanges Haar, von dem ein betörender Duft ausging. Sei Blick ging abwärts und blieb ein paar Sekunden auf ihren Hüften und dann länger interessiert an langen, wohlgeformten Beinen hängen, die in beigefarbenen Pumps steckten.

Nachdem die rote Fahrstuhlanzeige gerade noch die rote Acht angezeigt hatte, gab es einen deutlichen Ruck und dann war Stille. Hektisch drückte die junge Frau mehrmals die Erdgeschoss-Taste, aber nichts rührte sich. Sie drehte sich zur Seite und sah ihr Gegenüber ratlos an. Ihr flehender Blick bedeutete ihm ‚Tu was!'. Aber sie sagte nichts.

„Scheint so, als seien wir stecken geblieben."

„Und nun?"

„Wir müssen warten. Irgendjemand wird uns hier schon rausholen."

Nervös blickte sie auf ihre Armbanduhr und im fahlen Licht der Beleuchtung schien sie sehr blass geworden zu sein.

Sie drehte ihm wieder den Rücken zu, drückte wieder die E-Taste und wartete.

„Das wird nichts nützen." Er stellte sich neben sie, berührte dabei wie zufällig ihren linken Arm und drückte die Notruftaste. Als sich eine dunkle Männerstimme meldete, beschrieb er die Situation und nachdem die Stimme aus dem Lautsprecher versprach, sich darum zu kümmern, postierte er sich wieder in seine Ecke.

„Sehen Sie, wir müssen etwas warten, alles wird gut."

„Ich kann aber nicht warten, ich habe es eilig."

Amüsiert blickte er sie an.

„Hier ist eine Luke im Dach. Wollen Sie vielleicht vorher aussteigen? Wenn wir eine Räuberleiter machen, kommen Sie da hoch."

Strahlend weiße Zähne erschienen inmitten seines Drei-Tage-Bartes und seine blauen Augen strahlten belustigt.

„Sie brauchen sich gar nicht über mich lustig zu machen", antwortete sie giftig.

„Sorry, das wollte ich nicht."

Es war ihm nicht entgangen, dass ihr Blick nervös hin und her ging und sich leichte Schweißperlen auf ihrem Gesicht gebildet hatten, die in winzigen Rinnsalen ihre Wangen hinunterliefen. Ihr dezent geschminktes Gesicht verlor zusehends an Frische.

Er öffnete seinen Rucksack, fingerte eine kleine Plastikflasche Apfelsaftschorle heraus und reichte sie ihr.

„Trinken Sie, das macht die Warterei leichter."

Mit einer Zeitung begann er, ihr Luft zuzufächeln.

„Lassen Sie das, ich schwitze nicht."

Irritiert schaute er sie an.

„Und warum läuft Ihnen der Schweiß das Gesicht runter?"

Sie zögerte. Was ging ihn denn an, dass sie unter Klaustrophobie litt? Aber da er sich schon so um sie kümmerte, warum sollte er nicht wissen, wie ihr zu Mute war?

„Ich habe Probleme in geschlossenen Räumen. Normalerweise nehme ich die Treppen, aber heute habe ich einen wichtigen Termin, zu dem ich nicht abgehetzt kommen wollte."

Verzweifelt schaute sie auf ihre Armbanduhr.

„Das hat sich sowieso erledigt, wenn wir hier noch ewig warten", setzte sie resigniert hinzu.

Er schaute sie mitfühlend an. Hoffentlich kollabierte sie nicht. Fieberhaft überlegte er, was er im Falle eines Falles zu tun hätte, falls er bei ihr Erste Hilfe leisten müsse. Gegen eine Mund-zu-Mund-Beatmung hatte er nichts einzuwenden. Was aber sollte er tun, wenn sie anfangen würde, hysterisch zu schreien? Oder vor lauter Panik auf ihn losginge?

Ablenkung ist immer gut.

„Wo müssen Sie denn hin? Vielleicht schaffen Sie es doch noch?"

„Ich habe einen Termin in der Nürnberger Straße und wenn mir nicht gleich an der nächsten Ecke ein Taxi zu Hilfe kommt, platzt der Termin."

„Das Taxi ist schon da", bemerkte er grinsend.

Ihre graugrünen Augen blickten ihn irritiert an.

„Im Ernst, ich habe ein Taxi, das ich nur aus der Tiefgarage fahren muss."

Im Treppenhaus waren von Ferne Schritte zu hören.

„Hallo, wo sind Sie?", fragte die tiefe Stimme von vorhin aus dem Lautsprecher.

„Hier," antworteten beide, wie abgesprochen und sahen sich an verblüfft an. Sie schauten sich an und zum ersten Mal sah er das süßeste Lächeln, das er je im Gesicht einer Frau gesehen hatte.

Mit diversen Werkzeugen wurde die ohnehin nicht mehr intakte Fahrstuhltür aufgebrochen.

Und nun das! Sie steckten zwischen zwei Stockwerken. Da gab es nur eine Möglichkeit, sie mussten runterspringen, wenn sie nicht auf eine komplette Reparatur warten wollten.

„Warten Sie, ich springe zuerst, dann Sie. Ich fange sie auf."

Er war ein schlanker, sportlicher Typ, der die Höhe von etwa ein Meter und fünfzig locker wie eine Treppenstufe nahm.

„Kommen Sie," rief er ihr ermutigend zu.

Sie sprang direkt in seine Arme und einem inneren Impuls nachgebend, drückte er sie einen Moment ganz fest an sich.

„So, nun aber los."

Er nahm ihre Hand und gemeinsam rannten sie die Treppe hinunter zur Tiefgarage.

Während er sicher, aber ausgesprochen zügig die Berliner Innenstadt durchquerte, betrachtete sie ihn von hinten.

Sie wohnten offenbar in einem Haus und sie hatte ihn noch nie gesehen. Dabei wäre ihr jemand wie er sofort aufgefallen. Als sie mit quietschenden Reifen vor dem besagten Gebäude hielten, wurde sie aus ihren Überlegungen gerissen.

„Beeilen Sie sich, Sie haben noch drei Minuten Zeit, das können Sie schaffen."

„Aber, was…" Sie wollte ihn fragen, was sie ihm schuldig sei.

Er lächelte sie an und sagte: „Ich bin in einer Stunde wieder hier. Und wenn ich Sie dann wieder sehen sollte, gehen wir frühstücken und Sie erzählen mir, welch wichtigen Termin Sie gerade noch geschafft haben."

„In Ordnung", antwortete sie und dachte beim Aussteigen, dass es das erste Vorstellungsgespräch in ihrem Leben war und welche Umstände sie auf Abwegen hierher geführt hatten.

Lehrer sind auch nur Menschen

„Lehrer sind faule Säcke" zitierte der damalige Ministerpräsident von Niedersachsen und spätere Bundeskanzler Gerhard Schröder. Lotte Kühns viel diskutiertes Buch, „Das Lehrerhasser-Buch: Eine Mutter rechnet ab", lässt auch kein gutes Haar an unserem Berufsstand. Neidvolle Sprüche wegen der vielen Ferien sind wir gewöhnt. Aber auf die Frage „Willst du mal den Job eine Woche mit mir tauschen?" folgt stets ein entschiedenes „Um Gottes Willen, nie und nimmer!" als einhellige Antwort.

Eine der angeblich „faulen Säcke" meldet sich hier zu Wort, mit Episoden aus dem alltäglichen Leben von LehrerInnen, mal ernst, mal heiter, belustigend und nachdenklich, witzig und spritzig, halt so, wie sich der Beruf im tagtäglichen , ganz normalen Wahnsinn darstellt.

Des Lehrers Feierabend

Schon dieser Satz ist eine glatte Lüge, ebenso wie der weiße Postkartenspruch auf dunkelgrünem Hintergrund: „Lehrer haben vormittags Recht und nachmittags frei".

Ein Lehrer hat nie Feierabend.

Wie jedes Lebewesen muss ein Lehrer essen und trinken. Schulmensen, Pommesbuden oder der fahrbare Mittagstisch sind nicht gerade der Brüller, wenn Lehrer sich halbwegs vernünftig ernähren wollen. So folgt oft nach dem Unterricht, abgehetzt und den Kopf voller schulischer Gedanken, der Run auf den nächsten Supermarkt.

Wer sich in der Pause keinen Einkaufszettel machen konnte, kramt den winzigen Rest von Konzentrationsfähigkeit, der sich um die Mittagszeit noch aufspüren lässt, zusammen und widmet sich ganz dem Was-brauche-ich-denn-heute-unbedingt-noch-Gedanken.

Nur ansatzweise ist der Einkaufswagen gefüllt, da pirscht sich doch von rechts jemand heran. „Das ist ja gut, dass ich Sie hier treffe, da brauche ich Sie heute nicht mehr anzurufen." (Wenn ich nach Hause komme, stelle ich sofort den Anrufbeantworter an!!) Nach intensivem Austausch (dabei haben wir das Thema bei jedem Elterngespräch und diversen Telefonaten mehrmals durchgekaut) über Söhnchens Leistungsstand und wie er sich verbessern könnte (wenn er nur wollte) geht das Abenteuer Einkauf weiter. Am Obststand der nächste Überfall. „Hallo Frau Schulze, was machen Sie denn hier?" Wonach sieht es denn wohl aus, wenn Frau mit einem Einkaufswagen durch den Supermarkt schiebt?? Die frisch gekochte Mangomarmelade spüre ich fast auf der Zunge, so ausführlich und zeitintensiv ist die Schilderung von Frau Reuter.

Die neuesten Angebote am Tchibo-Stand gerade in Augenschein genommen, sacke ich in die Knie, angerempelt von Pauls Einkaufswagen. Typisch, in der Schule bekommt er auch nie die Kurve und den Mund nicht auf. „Tschuldigung", verhallt es auch schon wieder. Der Tchibo-Stand ist eine Gefahrenquelle, also weiter!

Zur schulinternen Rahmenplanbesprechung mit der Kollegin am Abend muss ich noch eine Flasche Weißwein und etwas Knabberzeug einkaufen. Ein vorsichtiger Blick am Weinregal nach rechts und links – man weiß ja nie, welche Eltern einen hier beobachten und plötzlich als Alkoholikerin abstempeln, wenn man Wein in den Einkaufswagen packt.

Diverse andere Artikel, wie Tampons, Rasiercreme mit Aloe Vera und Tönungsshampoo zur Abdeckung der ersten grauen Strähnen verschwinden diskret unter dem Obst und Gemüse. Zu sehr soll ja der Blick anderer nicht in die intimsten Sphären gelangen. Der neue Kajalstift und die Wimperntusche werden deutlich sichtbar in das kleine Körbchen innerhalb des Einkaufswagens gelegt. Undenkbar, wenn das Zeug sich irgendwo versteckt, es an der Kasse bereits vergessen worden war (Merke: beim nächsten Einkauf nur mit Zettel und abhaken, was im Wagen liegt!!) und ich noch als Ladendieb verdächtigt werden würde!

Wen haben wir denn da? Die Kollegin Susanne am Fleischstand? Gerade packt sie ein riesiges Wurstpaket ein, dabei behauptet sie immer, sie sei überzeugter Single und Vegetarierin? Alles glauben darf man den Kollegen scheinbar auch nicht. Bloß weiter und nicht entdeckt werden (Wir hatten in der gemeinsamen Hofaufsicht heute schon das Vergnügen und hinreichend Gespräche über gesunde und kalorienreduzierte Kost).

Am Zeitungsstand wieder ein vorsichtiger Blick in alle Richtungen, dann der Griff in die neueste Klatschpresse – Frau will ja schließlich auf dem Laufenden sein, was so über die Promis getratscht wird. Dieses Lesevergnügen hat man ja sonst nur beim Arzt oder beim Frisör und beides fällt aktuell wegen Zeitmangel aus.

Der Einkaufswagen ist voller als geplant, die Hitze steigt von unten nach oben auf, der Magen knurrt, denn das Mittagessen liegt im Einkaufswagen und muss noch bezahlt werden. Nun nicht mehr nach rechts und links schauen, damit einen ja niemand mehr von der Seite unaufgefordert anquatscht. Bezahlen und weg.

Schlangen an jeder Kasse, das kann dauern. „Frau Schulze, kommen Sie doch hierher", ertönt eine kräftige, männliche Stimme von rechts. (Wer hat mich denn nun schon wieder erkannt?) Nichts wie hin, die Kasse ist leer und soll nämlich nach mir geschlossen werden. Der Blick in das Gesicht mit der kräftigen Stimme, oh, nein, Tobias aus der letzten zehnten, hier im zweiten Lehrjahr. Mit letzter Kraft ein paar interessierte Fragen zur Ausbildung, die Ware wandert übers Band wieder in den Einkaufs- wagen. Zum Schluss der verlegene Griff zur Plastiktra- getasche, denn der Einkaufskorb steht geduldig zu Hause. Und das mir, die intensive Umwelterziehung in dieser Klasse betrieben hat. Es gibt kein Loch im Erdboden, also Ware einpacken, ein lockeres „Tschüss, bis zum nächsten Mal!" und los in Richtung Ausgang.

Das nächste Mal kaufe ich wieder in Ruhe ein – inko- gnito, weit weg von der Schule, wo mich keiner kennt, gezielt mit Einkaufszettel und Einkaufskorb.

Des Lehrers Ferien

„Zwei gute Gründe, um Lehrer zu werden: Ferien, Ferien…" Das Wort ‚Ferien' lässt so manchen Nicht-Lehrer im Gesicht grün vor Neid werden und das Zitat der „faulen Säcke" kommt wieder über so manches Lippenpaar. Wenn wir das Wort ‚Ferien' in ‚unterrichtsfreie Zeit' abändern, kommen wir der Realität schon näher.

Jeder Lehrer genießt etwa zwölf Wochen unterrichtsfreie Zeit im Jahr, der normale Arbeitnehmer kann etwa dreißig Tage Urlaub nehmen.

Wer ist nun besser dran? Und was macht ein Lehrer in seiner unterrichtsfreien Zeit?

Sehen wir mal von den Sommerferien ab, sind die meisten unterrichtsfreien Tage mit schulischen Dingen wie Korrekturmarathon, Zeugnisbeurteilungen, Förderpläne und Elternbriefe schreiben oder Unterrichtsvorbereitungen verplant. Ob der Lehrer das zu Hause oder im Winter unter den Palmen Lanzarotes macht, bleibt ihm überlassen

Der Lehrer hat tatsächlich den Vorteil, dass er sich, abgesehen von seinen Unterrichtsverpflichtungen in der Schule, seine Arbeitszeit recht frei einteilen kann. Während der Schulzeit ist das Programm recht eng gestrickt, egal ob am Nachmittag, Abend, an Feiertagen und Wochenenden. Ein Lehrer hat nämlich nie Feierabend.

In der unterrichtsfreien Zeit kann der Lehrer aufleben, besonders in den Sommerferien. Nach dem ersten überstandenen „Break Down" (das ist das Loch, in das der Lehrer fällt, wenn der Stress plötzlich aufhört) lässt auch das Rheuma in den Augen nach. Die dick aufgetragene Anti-Falten-Creme zeigt die erste Wirkung, die Falten sehen nicht mehr so bedrohlich aus und die Ringe unter den Augen schwinden dahin. Das ist der Zeitpunkt, an dem der Lehrer sich wieder unter die Leute mischen kann und den Freunden verkündet: „Ihr könnt die Vermisstenanzeige zurückziehen, ich habe Ferien!"

Erstaunlich, was so in der Zwischenzeit passiert ist, wundert der Lehrer sich. Neue Kinder wurden im Freundeskreis geboren, das Auto ist ja schon lange TÜV-überfällig, der Personalausweis längst abgelaufen, wie die Polizei bei einer Routinekontrolle feststellt und im Ort ist plötzlich ein neues Wohnviertel entstanden und schon bezogen. Erkenntnisse, die zeigen, es gibt tatsächlich noch ein Leben außerhalb der Schule. Der Lehrer wird wieder gesellschaftsfähig, zumindest solange er unterrichtsfreie Zeit hat.

Viele Lehrer packen zeitig ihre Koffer und verschwinden in andere Gefilde. Fortbildungen müssen gemacht werden und das natürlich in der Freizeit. Somit bietet sich die unterrichtsfreie Zeit geradezu an, die eine oder andere praktische Unterrichtsvorbereitung vor Ort zu machen. In unserem Medienzeitalter, in dem der Lehrer Mühe hat, mit der Jugend Schritt zu halten, haut es doch keinen Schüler mehr vom Hocker, wenn er im Geografiebuch ein Bild von einem Vulkanausbruch von Anno Zopf betrachtet. Aktuelle Fotos, hübsch verpackt in einer Powerpoint-Präsentation, so was muss her. Also, auf zum Ätna, um den aktiven Flankenausbruch vor Ort zu erleben. Eine Vielzahl von Jugendherbergen stehen für Klassenfahrten im Angebot, doch der Lehrer sollte sich vorher aussuchen und testen, wo er mit seinen pubertierenden Monstern eine Woche lang seinen vierundzwanzig – Stunden - Job macht, den er sich zudem selbst finanziert. Vertrauen ist gut, Kontrolle ist besser!

Mancher Sportlehrer hatte Glück, Olympia im letzten Jahr live und in Farbe in Peking zu erleben. Wie sehr konnten die Schüler nach den Sommerferien davon profitieren! Besonders, wenn der Sportlehrer mit zweitem Fach Erdkunde unterrichtet. Sprachenlehrer nutzen die unterrichtsfreie Zeit, sich sprachlich ein wenig fitter zu machen und bezahlen ihre Ferien im Ausland großzügig, denn ‚practice makes perfect‘.

Wenn der Lehrer engagiert für seinen Beruf unterwegs ist, seien ihm natürlich auch kreative Pausen an der italienischen Riviera, in Kalifornien, an der Nordseeküste oder an der schönen blauen Donau gegönnt.

Aber nicht alle Lehrer zieht es wochenlang in die Ferne. Der erste Schritt zu Beginn der großen Ferien, die mit Recht den Beinamen FERIEN verdienen, ist die Chaos-Beseitigung im eigenen Arbeitszimmer. Dort sieht es oft wie nach einem akuten Einbruch aus, alles liegt und steht durcheinander, der Lehrer bekommt kaum einen Fuß an den Boden, die Schreibtischfläche ist nicht mehr zu finden und wenn, dann liegt der Staub darüber … Arme hochkrempeln und durch! Der Altpapiercontainer füllt sich bis zur Oberkante. Wenn im eigenen Arbeitszimmer wieder Land in Sicht ist, rückt der Gedanke an ein Leben nach den Sommerferien in weite Ferne.

Sommerzeit – Gartenzeit, ein willkommener Ausgleich zum ewig platt gesessenen Hintern. Wie entspannend es doch sein kann, wenn aus einem Urwald wieder ein ansehnlicher Garten entsteht und die Freunde beim Grillabend wieder in Scharen versammelt sind.

Auch für Regentage hat der Lehrer hinreichend vorgesorgt. Nach und nach werden die ‚Das-mache-ich-in-den-Ferien-Aufräumecken‘ in Angriff genommen. Erstaunlich, welche längst verlorenen Schätze sich wieder finden! Es stellt sich sogar ein Gefühl von „Schatz, sind wir umgezogen?“ ein, besonders, wenn die Fenster auch mal wieder einen Lappen und Wasser von innen und außen gespürt haben.

Die Zeiten des Schiebe-Sex („Schatz, lass uns das auf morgen verschieben, ich muss noch korrigieren") sind vorbei. Die Familie kommt wieder zu ihrem Recht und hat nicht mehr das Gefühl, da wohnt noch jemand, den man nur selten sieht. Die vielen noch nicht gelesenen Bücher stauben nicht länger ein und wenn es am Abend ein Glas Rotwein mehr wird, wen stört's? Am nächsten Morgen klingelt kein Wecker, der den Lehrer mitten in der Nacht aus den Federn und kurz danach bis auf unbestimmte Zeit aus dem Haus treibt.

Geht der Sommer so langsam dem Ende entgegen, wird auch die unterrichtsfreie Zeit immer knapper. So manchem Lehrer bleibt nichts anderes übrig, als mit alten Jeans und Putzutensilien in die Schule zu fahren, um den Hausputz von zu Hause in seinem Klassenraum fortzusetzen. Schließlich sollen die Schüler sich am ersten Unterrichtstag wohl fühlen und nicht unter den allgemeinen Sparmaßnahmen leiden müssen. Geputzt wird von den Reinigungsfrauen nur noch das Nötigste, der Rest bleibt für den Lehrer übrig.

So mancher Lehrer verbringt etliche unterrichtsfreie Zeit in der Schule. Wenn schon die „da oben" es nicht schaffen, einen komplikationslosen Unterrichtsstart zu gewährleisten, so doch wenigstens wir Lehrer, soweit wir es können. Es lebe die Solidarität!

Plötzlich ist er wieder da, der letzte freie Tag. Die Tasche ist gepackt, der Wecker ist gestellt.

Ade, du unterrichtsfreie Zeit, bis zum nächsten Mal!

Lehrer im Weihnachtsfieber

Wie in jedem Jahr steht Weihnachten plötzlich und unerwartet vor der Tür.

Die guten Vorsätze, dass im nächsten Jahr alles stressfreier und in Ruhe rechtzeitig geplant wird, haben sich am Neujahrstag fast schon wie der Frühnebel aufgelöst.

Ist der Korrekturmarathon der unterrichtsfreien Zeit der Herbstferien gerade mal geschafft, geht es mit diversen vor-adventlichen Aktivitäten los.

Gärten und Gräber müssen winterfest gemacht werden, die Sommersachen werden umgeschichtet, damit die Winterkleidung griffbereit ist, sollte trotz Klimawandel doch noch mal ein richtiger Winter kommen. Fenster mit spätsommerlichem Fliegendreck, kann/muss/sollte man je nach Zeitplan ignorieren oder sich den Luxus eines Fensterputzers leisten, wenn die eigene Zeit nicht reicht. Wem fällt schon in der dunklen Jahreszeit auf, dass die Fenster nicht geputzt sind? Schließlich geht man im Dunkeln aus dem Haus und kommt oft erst im Dunkeln zurück.

Der 11.11. ist ein fester Termin für die traditionelle Martinsgans, mit Knödeln, Grün- und Rotkohl, oder um den Beginn der Faschingszeit gebührend einzuläuten.

Spätestens, wenn die ersten Buden für die Weihnachtsmärkte aufgestellt werden und die ersten Lichterketten in den Fenstern leuchten, denkt auch der vollbeschäftigte Lehrer daran, was ihn in den kommenden Wochen erwartet. Natürlich sind auch Nicht-Lehrer in dieser Zeit arg im Stress und so mancher lästert schon jetzt, dass für die Lehrer nach den Weihnachtsferien ja bald die Faschings- oder Winterferien kommen und bis zu den Osterferien die Zeit absehbar ist. Durch die vielen Ferien müssten Lehrer in der Vorweihnachtszeit den geringsten Stress haben.

Konferenzen, Projekttage und Elternsprechtage richten sich aber nicht nach Feiertagen oder den Belangen, die ein Lehrer auch als Privatmensch hat.

Erfahrungsgemäß rollt in der Zeit zwischen den Herbst- und Weihnachtsferien die alljährliche Grippewelle durch das Land und wen es bis dahin noch nicht erwischt hat, der schleppt sich wacker zum Dienst. Der Blick auf den morgendlichen Vertretungsplan rafft auch den Rest guter Laune und Motivation schlagartig dahin und nur mit einem ‚Morgen ist ein neuer Tag' schafft man es geradeso, auch durch diesen Tag zu kommen.

Das Jahresende nähert sich mit Riesenschritten und somit auch die Halbjahreszeugnisse. Bis zu den Weihnachtsferien müssen alle Klausuren, Klassenarbeiten, Tests und sonstige notenversprechende Aktivitäten geschafft sein, damit der Lehrer in der unterrichtsfreien Zeit rund um die Feiertage korrigieren kann. Der Jahresbeginn mit Zeugniskonferenzen und dem Schreiben der Zeugnisse kann noch gut ausgeblendet werden, denn das ist ja erst im nächsten Jahr.

Die Qual der Lehrer in unserem Land richtet sich nach der familiären Situation. So klagt eine allein erziehende Mutter und überaus engagierte Kollegin, stellvertretend für viele ihr Leid im Lehrerzimmer, zwischen Aufsicht, einer Tasse kaltem Kaffee und dem dringenden Bedürfnis, noch ein Türchen weiter zu müssen: „Die Nicht-Lehrer-Umwelt versteht oft nicht, dass ich fast durchs Telefon springe, wenn man mich ganz nett fragt, ob ich nicht Lust hätte, mal gemütlich über einen Weihnachtsmarkt zu bummeln. Wie denn auch, wenn ich nach einer Woche mit 30 Unterrichtsstunden (die eigenen und Vertretung...) mit Voll- und Halbpubertierenden, einem Freitag mit 13 Stunden in der Schule (Elternsprechtag nach dem Unterricht) und einem Samstagvormittag mit Fahrdiensten (Tag der offenen Tür, denn wir müssen um den Erhalt unserer Schule kämpfen) meinen leeren Kühlschrank, den klebrigen Küchenboden, die Wäscheberge, Staubflusen, wohin das Auge blickt und die Stapel von noch unkorrigierten Klassenarbeiten betrachte.

Als nächstes ruft bestimmt eine Oma oder Tante an, fragt, ob wir denn schon Plätzchen gebacken hätten, was die Kinder sich denn zu Weihnachten wünschen und ob ich das dann bitte auch besorgen könnte, so mal eben mittags (!), wenn ich aus der Schule komme, was wir denn Weihnachten machen und überhaupt hätten wir doch bald wieder Ferien und da könnten wir doch gut mal ein paar Tage kommen..."

Nur, wer das aus eigener Erfahrung kennt, weiß wovon die Kollegin spricht.

Selbst die Kolleginnen und Kollegen, deren Kinder schon erwachsen und aus dem Haus sind, erinnern sich noch gut an diese Zeiten und rollen verständnisvoll mit den Augen.

Es wird erst besser, wenn das erste Kind den Führerschein hat, wenn man einen Anrufbeantworter ans Telefon hängt und in wichtigen Fällen ja zurückrufen könnte, oder das Telefon einfach mal ausstöpselt, wenn man Weihnachtsgeschenke plant, aufschreibt und alle auf einen Satz kauft oder wenn man einfach mal NEIN sagt. Unter vielen Erwachsenen hat sich das „Wir-schenken-uns-nichts-mehr" als nicht mehr nervenaufreibende und Zeit sparende Neuerung bewährt.

Sind es nicht die Kinder, für die man viele Mühen und

Strapazen im vorweihnachtlichen Wahnsinn auf sich nimmt, können es auch die kranken und betagten Eltern und Großeltern sein, die zusätzliche Zuwendung und Pflege brauchen und nach denen sich die Gestaltung der Feiertage auch richtet. Also braucht der viel beschäftigte Lehrer ein Patentrezept, damit die besinnliche Vorweihnachtszeit nicht in einem Nervenzusammenbruch endet. Scheinbar hat das aber bisher niemand erfunden.

Weihnachten wird im nächsten Jahr wiederkommen, plötzlich und unerwartet?

Vielleicht gelingt es uns bis dahin, ein Patentrezept zu erstellen, damit wir uns auf eine besinnliche Vorweihnachtszeit einstellen können.

Also, Kolleginnen und Kollegen, bringen wir es hinter uns, ‚the same procedure as every year', die Feiertage mit der Familie und dem alljährlichen Brimborium, drum herum der weihnachtliche Korrekturmarathon und im nächsten Jahr sieht alles ganz anders aus.

Wenn Kinder Kinder kriegen …

Sie war fünfzehn und gerade in der neunten Klasse, als wilde Gerüchte im Lehrerzimmer kursierten. "Hast du schon gehört...?" "Sie ist doch selbst noch ein Kind..." "Muss das in der heutigen Zeit sein?" "Die hat ja Mut!" Aus zuverlässigen Schülerquellen kam dann recht schnell die Bestätigung, Katja war schwanger. Die Meinungen dazu waren so unterschiedlich, wie das Wetter.

Nichts war ihr anzumerken. Selbst Monate später trug sie noch ihre engen Jeans und eng anliegende T-Shirts und blieb rank und schlank. Sollte es doch nur ein Gerücht gewesen sein? Die Klassenlehrerin verneinte.

Erst in den letzten Monaten traten die Rundungen ihres Bauches zögerlich hervor.

Katja meldete sich für die Zeit des Mutterschutzes ab, ließ sich von ihrer Zwillingsschwester über den laufenden Unterrichtsstoff informieren, um nicht ganz den Anschluss zu verpassen.

Sie brachte einen gesunden Jungen zur Welt. Einige Wochen nach der Geburt kam sie wieder zur Schule. Stolz zeigte sie die ersten Fotos ihres Sohnes und ein Leuchten trat in ihre Augen, wenn sie von ihm erzählte. Der Kleine war bei Oma und Opa oder auch bei den Eltern des jungen Vaters in besten Händen, wenn sie in der Schule war.

Mit Fleiß und Ausdauer erarbeitete sie sich den Abschluss der zehnten Klasse und hofft nun, bald auch eine Lehrstelle zu finden.

Hut ab vor dieser jungen Frau, in einer Zeit, in der viele, die ungewollt schwanger werden, die Nerven verlieren, abtreiben oder sich auf grausame Art und Weise ihres Babys entledigen.

Ein Schneeball und seine Folgen

Endlich war er da – der Winter. Nachdem das Thermometer in den letzten Tagen vorsichtig unter null Grad gesunken war, hatte eine Schneedecke heute früh das ganze Land überzogen.

Musste man an anderen Tagen all seine Überredungskünste aufbieten, um die Schülerscharen in den großen Pausen auf den Schulhof zu bekommen, erwachte bereits kurz vor dem Klingeln zur großen Pause eine seltsame Unruhe im Klassenraum. Pausenklingeln – Jacke an und raus.

Früh, vor der ersten Stunde, hatten sich die Kollegen noch kurzfristig gegenseitig daran erinnert, die Schüler zu belehren, dass das Schneeballwerfen aus immer wieder erklärten Gründen verboten sei.

Die Kollegin, die in der ersten Pause Hofaufsicht hatte, hatte schon früh bemerkt, dass heute nicht ihr Tag war. Rutschpartien auf der Straße, der Blick auf den Vertretungsplan, auf dem sie genau für die Stunde eingeteilt war, in der sie ihre Zeugnisse schreiben wollte und dann die alleinige Hofaufsicht, da der zweite Aufsicht führende Kollege sich heute früh krank gemeldet hatte.

In einer Schule mit neunhundert Schülern war es unmöglich, an allen Stellen, an denen Schüler sich unbeobachtet fühlten, gleichzeitig zu sein. Die Schneebälle flogen nur so durch die Gegend und es war eine sportliche Leistung, sich rechtzeitig zu ducken oder einen Satz zur Seite zu machen, um nicht mit einem Schneeball zu kollidieren. Immer wieder erklärte sie mit Engelsgeduld, dass sie die Schüler ja verstehe, dass es aber aus Gründen der Verletzungsgefahr nicht erlaubt sei, mit Schneebällen zu werfen. In dem Moment, indem sie weiterging, wurden die Schneebälle hinter ihrem Rücken zu neuem Leben erweckt und flogen weiter. Auch das wusste sie, sie hatte es in ihrer Schulzeit ja nicht anders gemacht.

In der zweiten großen Pause, in der sich im Lehrerzimmer im ersten Stockwerk bereits das Mittagstief bemerkbar machte, war ein Fenster weit geöffnet. Aber auch der hereinströmende Sauerstoff brachte keine Lebendigkeit in die Kollegen. Das Auf- und Zuschrauben der Kaffeekanne war das einzig deutliche Geräusch, das aber auch niemand mehr wirklich wahrnahm. Eine leere Kaffeekanne, wenn man nach Kaffee lechzt, erzeugte bei den Kollegen eine eindeutigere Reaktion.

Platsch!! Eine heiße braune Flüssigkeit spritzte in alle Richtungen! Im oberen Bereich des Kaffeepottes schwamm keck ein Schneeball, dessen Existenz bedrohlich aussah. Plötzlich waren alle hellwach. Die Kollegin, der der Kaffeepott gehörte, schaute ungläubig auf ihren einst weißen Rollkragenpullover herunter, dann voller Entsetzen auf ihr gerade eben aktualisiertes Klassenbuch und schnappte nach Luft. Zwei andere Kolleginnen identifizierten mühelos die Täter vom Fenster aus. Während bis auf drei Schüler alle mächtig beschäftigt waren und den Fenstern des Lehrerzimmers keinerlei Beachtung schenkten, standen die drei mit offenem Mund und weit aufgerissenen Augen auf dem Hof und starrten hinauf.

„Genau die drei habe ich heute in der ersten großen Pause mehrfach ermahnt, das Werfen zu unterlassen." Das folgende Gespräch von Fenster zu Hof war kurz und knapp.

„Wer von euch war das?"
„Ich nicht!"
„Ich auch nicht."

„Na, ich auch nicht, ich schmeiß doch keinen Ball ins Lehrerzimmer." Alle drei wurden kurzerhand nach oben bestellt. Nach dem Kompliment, dass derjenige, der den Ball geworfen hatte, seinem Sportlehrer unbedingt seine Treffsicherheit bezeugen sollte, kam auch das Geständnis des Übeltäters von ganz alleine.

Obwohl er gestanden hatte – das Kompliment hatte ihn doch gebauchpinselt – bekam er als Hausaufgabe einen Aufsatz auf, mit dem Thema: „Ein Schneeball und seine gefährlichen Folgen."

Der Aufsatz wurde prompt am nächsten Tag mit der mütterlichen Unterschrift abgegeben und jeder Deutschlehrer runzelte die Stirn.

Aus dem Originaltext:

„Das Schneballwerfen ist in der Schule verboten weil, es schlimme folgen haben kann Z.B. Es können im Schneeball Steine sein und das kann's in das Auge gehen und dann Kann man Blind werden. Und auch Z.B. Kann das ins Ohr gehen und dann Kann man Ohrenschmerzen bekommen. Mann kann Schneebälle auf die Nase bekommen und bekommt Nasenbluten. Man Kann auch durch ein Eisball am Bein getroffen werden und man bekommt Blaue Flecken. Wenn ein Schneball zu einem Eisball geworden ist und man wird am Kopf getroffen Kann man auch eine leichte Verletzung herbeitragen. Das war mein Aufsatz über Schneebälle und seine Folgen."

(Der Verfasser ist der Autorin bestens bekannt)

Wie in allen anderen Berufen, sind auch Lehrer zunehmend vom Burnout betroffen.

Da hilft nur Ruhe, Ruhe und noch mal Ruhe…

Spiegelbild

Es schaut mich an,
direkt und strafend,
so dass es mir die Sprache nimmt,
das Blut in meinen Adern stockt.

Spricht mir: Nun liegst du auf der Nase,
kommst weder vorwärts, noch zurück.
Verschlissen hast du dich seit langem!
Was hast du dir dabei gedacht?

Jetzt trag ich schwer an dem Gewissen,
wie oft hab ich es ignoriert,
aus Arbeit und der Pflichterfüllung
hab ich mich selbst verloren.

Der Körper streikt, die Seele schmerzt,
muss innehalten und verweilen.
Noch ist es Zeit zum Richtungswechsel,
der das, was gut tut, neu vereint.

Nach vorne richtet sich der Blick,
wie soll es weiter gehen?
Dass ich nicht auf der Strecke bleib
und mich nicht mehr vergesse.

Behutsam setz ich Schritt um Schritt
mich nicht zu überfordern,
dann wird mir wohl gelingen,
was wieder Freude schafft.

Schule einmal anders betrachtet

So ein Lehrerkollegium lässt sich gut mit einem Hühnerstall vergleichen. Dort wird in den Pausen geschnattert, was das Zeug hält, laut und durcheinander. Und wenn man seine Pappenheimer eine Zeitlang kennt, lassen sich die urigsten Typen definieren…

Weit verbreitet ist der ‚Hast-du-schon-gehört-Typus'. Besser informiert als jede Bild-Zeitung, ist er immer bestrebt, seine aufgeschnappten Gesprächsfetzen weiterzugeben, mit der nötigen Portion Übertreibung zu würzen und sich dann zufrieden zurückzulehnen, wenn es in der Gerüchteküche nur so brodelt.

Der ‚Hoffentlich-ist-bald-der-Erste-Klager' fährt regelmäßig in seinen Freistunden zur Bank, um seinen Kontostand akribisch zu überprüfen. Kaum auszudenken, wie er die Zeit der Bankenkrise überstehen wird…

Im letzten Winter kollidierte ich verbal mit dem ‚Unverbesserlichen'. Gerade nach längerer Erkältungskrankheit wieder genesen, ertappte ich den Kollegen im ohnehin spärlich geheizten Exraucher-Lehrerzimmer bei geöffneten Fenstern und minus 14 Grad beim Genuss der Pausenzigarette.

Meine wohlgemeinten Appelle: Rauchverbot, Rücksicht, Kälte etc. wurden mit der Bemerkung beantwortet, er nähme ja Rücksicht, denn wenn er bei der Kälte in jeder Pause rausginge, müsste er wohl bald wieder zum Arzt und sich krankschreiben lassen.

Dann hätten wir da noch den ‚Fachidioten', der sein erworbenes Wissen von Anno Zopf jahraus, jahrein herunterleiert, seinen Horizont nicht erweitern will, jedes Fortbildungsangebot geflissentlich ignoriert und als neumodisches Geschwätz abtut.

Ein besonderes Prachtexemplar ist der ‚Tyrann', der keinen Spaß versteht, verbittert ist und bei dem das Lächeln entsprechend den Witterungsbedingungen im Gesicht längst eingefroren ist. Der Kollege bestraft jegliches Abweichen von seinen ausgelatschten Pfaden mit Bergen von Hausaufgaben, Nachsitzen und Strafarbeiten und wählt sich die Finger wund, um Eltern über ihre missratenen Sprösslinge zu informieren.

Bestens bekannt ist der ‚Koffeinabhängige', der in jeder Pause als erster ins Lehrerzimmer rennt, sich die Tasse randvoll schüttet, aber innerlich völlig verdrängt , dass auch eine leere Kanne wieder aufgefüllt werden möchte und dass auch jeder Kaffeekrümel mal zu Ende geht.

Direkt verwandt mit ihm der ‚Abwaschgegner', der selbst dann, wenn es keine saubere Tasse mehr im Schrank gibt, mit spitzen Fingern lediglich eine aus dem Abwaschbekken kramt, die Reste kurz wegspült und neu benutzt. Alle anderen Tassen fristen weiter ihr Schmutzdasein, bis sich ein Dusseliger erbarmt, abwäscht und aufräumt, damit alle Tassen wieder im Schrank sind.

Nicht zu vergessen die ‚Wochenendverlängerer', deren Ein-Tages-Viren pünktlich am Freitag oder am Montag in die aktive Phase treten. Unerklärlich ist mir, warum diese Kollegen nicht von vorn herein bei der Gestaltung des Vertretungsplanes berücksichtigt werden. Denn wenn der Virus mal keine Lust hat, wäre es doch glatt ein Highlight, besagte Kollegen freitags oder montags begrüßen zu dürfen.

Fehlt noch der den Typ ‚Ich-möchte-gern-gebauchpinselt-werden', der für alles seine Streicheleinheiten braucht und für den die Welt zusammenbricht, wenn ihm die permanente Anerkennung versagt bleibt.

Oft ist man auf der Suche nach der zweiten Hofaufsicht, die sich kurz vor dem Stundenklingeln atemlos entschuldigt, dass sie es einfach nicht geschafft hat, pünktlich aus dem Unterricht zu kommen, noch kopieren musste, auch mal etwas ganz schnell essen und trinken musste und „dann war es schon so spät, dass es sich nicht mehr gelohnt hat".

Eigentlich müssten der ‚Gesundheitsapostel' und der ‚Heilpraktiker-Empfehler' eine Vollzeitstelle bekommen. Mir wurde geflüstert, auch an anderen Schulen gibt es die zahlreichen ‚Ach-heute-geht-es-mir-gar-nicht-gut KollegInnen', die am Vormittag eine Rundum-Betreuung benötigen, oder etwa nicht?

Der ‚Noch ne vier Geber' stammt aus der Familie ‚Muss-die-Note-schaffen'. Schon vorher informiert er die prüfenden Lehrer darüber, welche Note sein Zögling aus Klasse zehn schaffen muss, um einen bestimmten Schulabschluss zu bekommen.

Ist das Prüfungsergebnis aber Realität und nicht Wunschtraum, fragt er fassungslos nach der ‚War-da-nichts-zu-machen-Therapie'?!? .Dass Prüfungen aber auch immer so plötzlich und unerwartet kommen müssen, tz tz tz….

Starken Zulauf bekommen die ‚Verfechter der nonverbalen Kommunikation'. Sie haben einen schier unerschöpflichen Vorrat an T-Shirts in verschiedenen Farben. Stehen sie vor der Klasse, lesen die SchülerInnen: ‚Nein, ich habe eure Arbeiten noch nicht korrigiert!'

Von hinten heißt es dann: ‚Ja, das sollt Ihr jetzt abschreiben.'

Schüler sind schlau und reagieren dann schon mal mit dem T-Shirt-Aufdruck ‚Fuck you' oder tragen demonstrativ den ‚Stinkefinger' vom Hals bis zum Bauchnabel.

Nachdem ich einem sehr trägen Grundkurs Englisch in jahrelanger mühevoller Kleinarbeit beigebracht habe, bei unbekannten Vokabeln doch mal das Wörterbuch zur Hilfe zu nehmen, beschenkten sie mich zu ihrer Abschlussfeier am Ende der Klasse zehn mit einem T-Shirt mit meinem Dauerspruch ‚I'm not your living dictionary.'

Der ‚Alles-Ignorierer', der auch an fast jeder Schule zu finden ist.

Es stört ihn nicht, dass der Schrank mit den Kaffeetassen seit Tagen leer ist, das Spülbecken mit schmutzigem Geschirr fast überläuft. Hauptsache, er findet seine Tasse jeden Morgen und kann sie abwaschen. Wenn er dann neuen Kaffee aufgesetzt hat, lässt er das daneben gefallene Kaffeepulver als Dekoration liegen. Es ist ja bald Weihnachten und da wird ja vieles dekoriert.

Ist der letzte Kaffeekrümel verbraucht, stürzt sich der als Kaffeetrinker bekannte Kollege etwa nicht in den nächsten Laden, um Nachschub zu besorgen. Nein, er hat sich vorgenommen, bis zu den nächsten Ferien die vorhandenen Teebeutel auszuprobieren. Es bleibt zu hoffen, dass dieser Kollege dann nicht auf dem Vertretungsplan als krank zu finden ist, denn Erkältungs-, Magen- und Darm-, Blasen- und Beruhigungstee sollten ihm doch ein starkes Immunsystem bescheren.

Der ‚Dauer-Filme-Gucker', der ein wahres Sortiment an Filmen besitzt und jede Vertretungsstunde zur Allgemeinbildung nutzt. So erfahren die Schülerinnen und Schüler anstelle neuer Kenntnisse über die letzte Rechtschreibreform etwas über die glazialen Hinterlassenschaften des norddeutschen Tieflandes. Wohl dem, der so flexibel reagiert.

Benachteiligt sind natürlich diejenigen, die ein Videogerät zu gerade aktuellen Unterrichtsinhalten benötigen. Aber so wie wir heutzutage unsere Klassenfahrten selbst bezahlen, liegt es auf der Hand, dass immer mehr Lehrer ihre eigene Multimediaausstattung im Klassenraum besitzen.

Zur Weißglut treibt mich der ‚Kopierraum-Flüchtling‘. Was habe ich schon alles angestellt, um ihn auf frischer Tat zu ertappen, wenn er sich beim Papierstau eilig entfernt, ohne den Schaden zu reparieren, oder das letzte Blatt Papier verbraucht hat, ohne im Sekretariat Bescheid zu geben. Er muss ein ausgeprägtes ‚Nach-mir die Sintflut-Syndrom‘ haben.

Der ‚Das-ist-mein-Platz-Verfechter‘ sichert sich schon Stunden vor jeder Konferenz oder Dienstbesprechung einen Platz, indem er einen Zettel mit seinem Namen deutlich sichtbar auf den Tisch klebt. Vielleicht ist mir bisher etwas entgangen. Gibt es einen Sonderbonus für bestimmte Plätze? Ich habe auch noch nie erlebt, dass jemand während einer solchen Versammlung stehen musste, höchstens, dass er sich einen Stuhl aus einem Nebenraum geholt hat. Jeder Gang macht schlank, sag ich mir dann immer.

Hilfsbereit, wie man unter Kolleginnen und Kollegen ja ist, leiht man gerne etwas aus, wenn andere etwas brauchen. Aber der ‚Nicht-Zurückgeber‘, den man ewig bitten muss, die eigenen Sachen doch mal wieder mitzubringen, entwickelt sich oft als Härtetest für die eigenen Nerven.

Wirklich zu bedauern ist der ‚Ist-und-soll-Mensch‘, dessen Aufgabe es ist, den Vertretungsplan zu gestalten. Schon nachts wälzt er sich schlaflos hin und her und spielt sämtliche Eventualitäten durch. Kommt er dann morgens als erster an, ist sowieso alles ganz anders. Seine morgendliche Hauptaktivität besteht darin zu suchen und zu fragen „Wer könnte denn…?" Der- oder diejenige muss schon ein dickes Fell haben, um an den Rückfragen „Wieso ich?", „Nee, nicht schon wieder…" oder „Ich kann nicht, weil…" seelisch nicht zu zerbrechen.

Unter den Schülerinnen und Schülern gibt es wahre Massen vom Typus

‚Ich-versteh-das-nicht'. Wie auch, wenn die Bohnen aus den Ohren nicht regelmäßig entfernt werden?

‚Ich-kann-das-nicht'. Schon die Ermutigung zu einem Versuch, es wenigstens zu versuchen, treibt das blanke Entsetzen in die großen blauen Kulleraugen.

‚Wozu-brauch-ich-das-überhaupt?', fragen die ewig Zweifelnden, die gerade im Erdkundeunterricht glauben, die Welt hört an der Stadtgrenze auf.

Und besonders liebreizend finde ich den Typus

‚Na und-ist-mir-doch-egal', der mein eigenes Blut in Wallung bringt und den Blutdruck in Schwindel erregende Höhe treibt.

Ganz schlimm dran ist die Schulsekretärin, deren erster Kaffee morgens ständig kalt wird, weil das Telefon unaufhörlich klingelt, die in jeder Pause zum seelischen Mülleimer mutiert und oftmals hin und her saust, als trainiere sie für den nächsten Marathon. Kein Wunder, dass sie sich ständig neue, meist rote, Schuhe kaufen muss.

Keinen leichten Job hat das Bodenpersonal, das sich, sobald sich die Schülermassen in die Unterrichtsräume begeben haben, treppauf und treppab alles beseitigen, was den SchülerInnen aus dem Gesicht, aus den Händen und von den Schuhen gefallen ist.

Nicht vergessen wollen wir den Hausmeister. Nimmt man seine täglichen Klagen ernst, ist man fast geneigt, ihm kurzerhand eigenhändig einen Kurplatz zu suchen, damit er unter der Last der täglichen Arbeit nicht zusammenklappt. Andererseits muss man ihm vor Dankbarkeit die Füße küssen, wenn er nach mehrmaliger Bitte ein undichtes Fenster repariert hat, nachdem SchülerInnen und Lehrer nach überstandener Grippe wieder zur Schule kommen können. Somit ist man wenigstens im Klassenraum vor einem Rückfall geschützt.

Mein größtes Highlight mit einem Hausmeister erlebte ich vor vielen Jahren. In meinem Klassenraum war jeden Morgen eine kleine Pfütze, die das Resultat eines kleinen Löchleins im Heizungsrohr war. Praktisch, wie unser damaliger Hausmeister veranlagt war, inspizierte er den Schaden, nahm seinen durchgeknautschten Kaugummi aus dem Mund und fügte ihn passgerecht in das Löchlein. Mit einem „Das hält erstmal eine Weile", verabschiedete er sich.

So, wie der gearbeitet hat, wollte ich immer Urlaub machen.

Ähnlichkeit mit lesenden und noch lebenden Kolleginnen und Kollegen ist rein zufällig und selbstverständlich nicht beabsichtigt.

Burnout eines Rotstiftes

Der Rotstift ist beinahe leer.
Er hat genug, er will nicht mehr.

Er windet sich, hat keine Lust,
doch einiges noch vor der Brust.

Er muss noch einmal richtig ran,
bis er zurück sich lehnen kann.

Die letzte Arbeit korrigiert,
was hat er alles nur markiert!?

Ob Ausdruck, Wortwahl oder Tempus,
die Stelle, wo ein Komma hin muss.

Die Mine schrie so manchmal auf
und stockte fast in ihrem Lauf.

Doch artig setzte sie die Zeichen,
um nicht vom Blatte abzuweichen.

Denn STOP bedeutet rigoros,
es geht noch mal von vorne los.

Am Schönsten ist es ganz zum Schluss,
wenn er die Zeugnisnote setzen muss.

Das Schuljahr ist nun fast vorbei,
dann hat er viele Wochen frei.

Abitur

Die letzte Hürde ist genommen,
ich fühl' mich vollständig benommen.

Im Kopfe grenzenlose Leere,
als wenn nie etwas drin gewesen wäre.

Wie eine Zitrone ausgepresst,
mit Angstschweiß ganz benässt.

Das Beste habe ich gegeben,
als Startschuss für mein weiteres Leben.

Bisher kann ich es gar nicht fassen,
das Resultat kann sich sehen lassen!

Die gedankliche Perlenkette

Jeden Morgen lege ich sie um,
hänge fröhliche Gedanken an,
die mich aufmuntern und begleiten
und gut durch den Tag bringen.

Du Narr

Ich habe dich sofort entdeckt,
trotz Maskerade und Kostüm.

Ich hab' mich nicht vor dir versteckt,
trotzdem hast du mich nicht geseh'n.

Du lebst in einer anderen Sphäre,
das ist mir schon seit langem klar.

Und selbst,
wenn das auch mein Ziel wäre,
so würde aus uns nie ein Paar.

Im Schutze deiner Maskerade
benimmst du dich ganz ungeniert.

Bewegst dich auf verbotenem Pfade,
wenn das mal nur kein Fehltritt wird.

So geh du deinen Weg ruhig weiter
und ich such' meinen, ganz für mich.

Heut lass uns feiern, möglichst heiter,
was morgen kommt, das weiß man nicht.

Die Zecke

Sie lauert in der Hecke,
die böse kleine Zecke

und lechzt nach einer Blutmahlzeit,
acht Beine steh'n zum Sprung bereit.

Hat sie ein Opfer erst entdeckt,
wird nicht mehr lange rumgezeckt.

Sie hängt sich schnell an ihren Wirt
und saugt sein Blut, ganz ungeniert.

Ob Achsel oder Genitalbereich,
das ist der Zecke wirklich gleich.

Hauptsache, sie hat festen Halt
und in die Haut sich eingekrallt.

Hat sie sich satt und vollgesogen,
den Wirt um kostbar' Blut betrogen

kann überleben sie recht lange.
Doch Vorsicht vor der Zeckenzange!

Schaukeln

Sanft hin und her schwingend,
unter wolkenlosem Himmel.
Sonnenstrahlen
kitzeln mein Gesicht.
Amselgesang in den Bäumen,
Hundeschnarchen unter mir.
Eine leichte Brise
kühlt die Stirn.
Schläfrige Augen
senken die Lider.
Mit geschlossenen Augen
ein Blick zurück.
Ein kleines Mädchen
mit blonden Zöpfen.
Ausgelassen und vergnügt
auf ihrer Schaukel.
Mit aller Kraft
ganz hoch hinaus.

Rote Äpfel

Rote Äpfel, ganz allein,
müssen doch recht traurig sein.

So ganz einsam und vergessen,
an des Baumes kahlen Ästen.

Dabei leuchten sie ganz rot,
aber schon vom Frost bedroht.

Bedeckt mit einem Häubchen Schnee,
tut die Kälte nicht so weh.

Ach, hätt' ich sie doch eher entdeckt
mir die Lippen eifrig abgeleckt,

nach dem Verzehr solch einer Frucht,
die im November weitere sucht.

Gewitterluft

Grollender Himmel.
Von Feuchtigkeit
geschwängerte Luft.
Ruhe.
Windstille.
Nur eine leichte Brise
dann und wann
nimmt graue Wolken
mit ins Dunkel der Nacht.

Mein Kiez

Mein Kiez ist dort, wo man mich kennt
und häufig meinen Namen nennt.

Der Bäcker an der nächsten Ecke,
reserviert mir meine Frühstücksschnecke,
mit Pudding oder Pflaumenmus
und dickem süßen Zuckerguss.

Am Kiosk hol' ich jeden Morgen
die neue Zeitung, voller Sorgen.
Was war auf unserer Erde los?
Im Kiez und überall, ganz groß?

Noch heute geh' ich zum Friseur,
die Haare sind mir stets Malheur,
doch Sermin kriegt sie wieder hin
und das ist ganz in meinem Sinn.

Bei Kemal komm' ich nicht vorbei,
denn er hat immer allerlei,
ob Fleisch, Gemüse oder Obst,
dort werd' ich viele Euros los.

Die Kneipe um die andre Ecke,
versteckt von einer großen Hecke,
ist stets beliebter Anlaufpunkt,
für Jung und Alt, für Schlank und Rund.

Dort wird geklönt und viel gelacht,
bis dann der Wirt sagt „Gute Nacht.
Kommt mir alle gut nach Hause
und trinkt vorm Schlafen noch 'ne Brause.

Denn morgen ist ein neuer Tag
und komme wieder, wer es mag.
Dann klönen wir sehr gerne weiter,
mit guter Laune und ganz heiter."

In meinem Kiez, da ist was los,
das Leben ist dort ganz famos.
Und drum herum die laute Stadt,
in der man alles, was man braucht,
auch hat.

Da möchte ich mal steinalt werden,
und irgendwann hier auch mal sterben.
Wenn meine Uhr ist abgelaufen,
werd ich mir keine Haare raufen.

In meinem Kiez bin ich geborgen,
da mache ich mir keine Sorgen.
Die Freunde werden bei mir sein
und trinken danach guten Wein.

Mein Kiez bleibt dort, wo man mich kannte
und gerne meinen Namen nannte.

Der alte Ford

Früher fuhr der alte Lord
gern mit seinem Ford Escort
am Sonntag mit der Frau Gemahlin
mal hierhin und mal dahin.

Als die Gemahlin dann verschied
der Ford meistens zu Hause blieb,
denn so alleine wollt' der Lord
mit seinem Auto nicht mehr fort.

Der Wagen schimpfte vor sich hin,
nach fahren stand ihm doch der Sinn.
Was war er einst für ein Gesell,
der gerne fuhr, meist auch sehr schnell.

Er wurde älter und fing an zu rosten
auf seinem Platz neben dem Pfosten.
Als auch der Lord plötzlich verblichen,
war auch sein Todesurteil unterstrichen.

Der schöne alte Ford Escort,
einst ganzer Stolz des alten Lord,
noch immer steht er unbewegt,
in Einzelteile fast zerlegt.

Zum Autofriedhof schafft er's nicht,
die Abwrackprämie kriegt er nicht.
Ein Schandfleck für die Nachbarschaft,
die schimpfend auf die Wiese gafft.

Ruhe sanft, du Fort Escort,
vielleicht bringt dich bald einer fort
und sorgt für eine Grabesstätte,
die manches Autowrack gern hätte.

Sehnsucht

Mit geschlossenen Augen
auf einer grünen Wiese,
einem Teppich aus kühlem Gras,
kitzeln Sonnenstrahlen mein Gesicht

Der Duft von Wiesenblumen
umfängt mich,
das Zwitschern der Vögel erheitert mich.
Die weißen Schäfchenwolken
am blauen Himmel
huschen wie tanzende Wattebäuschchen
vorbei.

Ich sehne mich nach Frühling,
dem Erwachen der Natur,
nach grünen Blättern und bunten Blumen
und Leben und Lachen um mich herum.

Herbst

MASKERADE
IM BLÄTTERSAAL

FARBENFROHE KOSTÜME
TÄGLICH WECHSELNDE NUANCEN

VORBEREITET FÜR DEN AUFTRITT
BEIM BUNTEN HERBSTFEST

BIS NACKT UND ERSCHÖPFT DIE ÄSTE
IN DEN WINTERSCHLAF SINKEN

Herbstwind

Der Wind bläst mit Elan
Blätter tanzen durch die Luft
Schweben sanft zu Boden
Fügen sich
zu einem bunten Teppich
Gewärmt
von der leuchtenden Herbstsonne.

Allerheiligen

Wenn die Tage kürzer werden
und es früh schon dunkel wird,
gehören die Gedanken denen,
die längst nicht mehr bei uns sind.

Wie sie unser Leben prägten,
uns geformt Jahrzehnte lang,
mal mit Sanftmut, mal mit Strenge,
ohne uns je aufzugeben.

Drum wir zünden Kerzen an,
stehen still an ihrem Grab,
voller Dankbarkeit und Liebe,
besonders heut', an diesem Tag.

Selbst, wenn sie nicht mehr
bei uns sind,
in unseren Herzen leben sie.
Und die Kerzen auf den Gräbern
leuchten voller Harmonie.